PORCA

ALEXANDRE MARQUES RODRIGUES

PORCA

1ª edição

EDITORA RECORD
RIO DE JANEIRO • SÃO PAULO
2019

CIP-BRASIL. CATALOGAÇÃO NA PUBLICAÇÃO
SINDICATO NACIONAL DOS EDITORES DE LIVROS, RJ

R611p   Rodrigues, Alexandre Marques
Porca / Alexandre Marques Rodrigues. – 1ª ed. – Rio de Janeiro: Record, 2019.

ISBN 978-85-01-11620-8

1. Romance brasileiro. I. Título.

CDD: 869.3
18-54046   CDU: 82-31(81)

Vanessa Mafra Xavier Salgado – Bibliotecária – CRB-7/6644

Copyright © Alexandre Marques Rodrigues, 2019

Design de capa: Leonardo Iaccarino
Textura: Babaimage
Foto do autor: Biografia Fotostudio

Todos os direitos reservados. Proibida a reprodução, armazenamento ou transmissão
de partes deste livro, através de quaisquer meios, sem prévia autorização por escrito.

Texto revisado segundo o novo Acordo Ortográfico da Língua Portuguesa.

Direitos exclusivos desta edição reservados pela
EDITORA RECORD LTDA.
Rua Argentina, 171 – Rio de Janeiro, RJ – 20921-380 – Tel.: (21) 2585-2000.

Impresso no Brasil

ISBN 978-85-01-11620-8

Seja um leitor preferencial Record.
Cadastre-se no site www.record.com.br e receba informações
sobre nossos lançamentos e nossas promoções.

EDITORA AFILIADA

Atendimento e venda direta ao leitor:
mdireto@record.com.br ou (21) 2585-2002.

para Ela

A vitória foi apenas uma piada.

(Ludwig Wittgenstein, *Movimentos de pensamento: diários de 1930-32/1936-37*)

1.

Os livros chegaram ontem porque na sexta era feriado. Caixas demais que nós subimos: abrimos: conferimos: separamos; hoje, tornamos a descer os livros empilhados, nós, os três palhaços equilibristas, nós os descemos todos de novo pela escada em caracol, antes que a Livraria começasse a funcionar.

Desta vez quase não há novidades, apesar de terem vindo tantas caixas. Algumas edições novas de títulos antigos, por exemplo o Balzac, que está voltando a vender como se fosse grande coisa. Apareceu também o *Zaratustra*, do pobre do Nietzsche, estuprado outra vez para o português. E ainda a reedição da trilogia do Onetti, de *A vida breve* até *O estaleiro*, que estava esgotada fazia anos. Também as porcarias de sempre vieram, o maldito do Charles Dickens não podia faltar; um monte de títulos que só ocupam espaço nas prateleiras, dão trabalho na hora de tirar o pó, de arrumar, e que nós, que a Livraria deveria se recusar a vender.

Mas, em uma das caixas, percebi: um Imre Kertész novo, com capa em marrom-escuro e título que minha cabeça não conseguiu guardar. Este, mais tarde, preciso fuçar: folhear, abrir em qualquer página, ler um trecho, descobrir o

Saio, fecho a porta, tranco, guardo as chaves no bolso, chamo o elevador, desço, mas apenas quando chego na rua me dou conta: é cedo demais; não que seja cedo em termos absolutos, não, nesse sentido não é cedo; mas se o comércio, se as lojas do Moinho abrem às dez horas e eu saio de casa às oito e cinquenta e sete, como me assegura o relógio de aço escovado pendurado no hall, sendo que apenas dez ou doze minutos de caminhada me separam do comércio, das lojas do Moinho, então certamente, sim, fica claro: que saio cedo demais para procurar o presente.

Mesmo que seja cedo, não recuo, não subo, não pego de novo o elevador, as chaves, não volto para meu apartamento. Saio, ganho a rua, acendo um cigarro e vou atrás das lojas do Moinho.

que vai ali dentro, entre as capas, o que é que o Kertész anda dizendo agora, se ainda continua falando de Auschwitz, e apenas de Auschwitz, como uma criança retardada que só repete Mamãe-mamãe-mamãe. Se achar que vale a pena, levo o húngaro comigo, em alguma das próximas noites, o levo para casa. Sim, porque é claro: é assim que eu faço.

Se trabalhasse de garçom em um restaurante, comeria dos pratos servidos aos clientes, antes de entregar os pedidos nas mesas; me alimentaria o dia todo, do começo ao fim do expediente, beliscaria pequenas porções de tudo o que pedissem. Se desse plantões em hospitais, nas UTIs principalmente, apalparia os peitos das pacientes em coma, faria uso dos medicamentos mais interessantes, das substâncias que não me deixam comprar nas farmácias, às vezes mesmo quando consigo uma receita falsa. E, se fosse mecânico, passearia com os carros depois que os consertasse, antes do proprietário voltar, ingênuo e satisfeito, para me indenizar pelo tempo perdido; andaria pela cidade inteira, com o braço para fora da janela, como se fosse rico. Pois é assim mesmo, é desse jeito que todo mundo faz.

Sou mal pago, trabalho em condições que depredam a imagem que tenho de mim, diariamente me exploram e acham, ainda, que fazem isso com razão, ou que me explorar é um favor que me prestam. É claro que eu me vingaria, que me vingo, qualquer que seja meu emprego; é claro que vou conseguir algumas vantagens além daquelas que constam, duvidosas demais, na nojeira das leis trabalhistas.

Assim, se sou empregado de uma livraria, não há qualquer dúvida: não preciso comprar livros. À noite, escondo o exemplar que me interessou debaixo da camisa, ou dentro da lixeira que, depois das portas se fecharem, do último cliente sair, sou eu quem esvazia; escondo o exemplar que me interessou, o levo para ler em casa e o devolvo, na manhã seguinte, desvirginado, mas ainda com a aparência de donzela, puro e imaculado. Quem comprar depois o livro não vai perceber que ele já passou por outras mãos, as minhas mãos, no caso, que outros olhos já se esfregaram nele.

E veio ainda, nessa leva de livros, entre as tantas caixas que chegaram ontem porque na sexta era feriado, além do Nietzsche, do Onetti, do Dickens, do Balzac, do Kertész: veio ainda uma edição nova, em três volumes, encadernada em capa dura, do *Guerra e paz*. Floreando, ao estilo do século XIX, eu poderia dizer: que minhas mãos tremeram quando peguei os livros, que o ar me faltou dentro do peito, que minha visão ficou turva, que precisei me sentar, no chão mesmo, ao lado das caixas de papelão, para não desmaiar; sem floreio algum, diria apenas: Puta merda.

Tenho que levar a edição nova, o Tolstoi em três volumes, embora para casa; soube disso instantaneamente, assim que a vi. Mas o *Guerra e paz* não é para uma noite apenas, desses livros que trago de volta, deflorados, na manhã seguinte; o Tolstoi, nessa edição especial em capa dura, é

A ideia não é ir até as lojas do Moinho comprar mais um livro, porque, eu sei, livros são quase que exclusivamente os únicos presentes que dou, que já dei a Ela; o que procuro hoje é uma gravação, qualquer gravação minimamente bem-executada dos três concertos para piano do Bartók. Já tem algum tempo que quero mostrar esses concertos a Ela, e então, essa noite, enquanto não conseguia dormir, pensei que quando Ela chegar, amanhã, com sua mala, o sorriso enganchado no rosto, que será um bom momento: não para fazer a música brotar do aparelho de som, como uma trilha sonora, mas sim para dar a Ela sua própria gravação do Bartók, e que o presente marcará, como uma espécie de monumento íntimo, que os concertos marcarão a lembrança de sua chegada em meu apartamento.

para amarrar com os laços do sagrado matrimônio: preciso garantir a posse ciumenta, exclusiva e definitiva dele.

Minhas axilas fedem, posso sentir. Descer os livros, subir as escadas de novo, descer com mais livros, fazendo voltas e mais voltas na escada em caracol, que depois torno a subir, descer com livros, subir, descer, como um parafuso em um vaivém obsceno dentro de uma porca: minhas axilas fedem, naturalmente. O cheiro passa o tecido da camisa, vence o banho de ontem, o desodorante. E o dia de trabalho mal começou, as portas duplas da Livraria acabaram de ser abertas pela Velha.

Chego cedo e não podia ser diferente: todas as lojas do Moinho ainda estão fechadas. Passo, na rua do Padre, pelo Café do Reino, com as mesas na calçada, convidativas, mas não paro; sigo em frente e vou tomar o espresso com leite na Tabacaria. Depois vago, ando a esmo, fumo outro cigarro, penso que deveria ter ido caminhar no parque do Moinho, gastar o tempo lá; mas não fui, não vou, fico vendo as vitrines com manequins vestidos, muito bem-vestidos, e imagino como em algumas daquelas roupas Ela ficaria muito bem.

Pelos menos ainda não entrou nenhum cliente; tenho tempo para o que mais me agrada neste trabalho, o de vendedor de livros: servir de bibliotecário. Vou, de bancada em bancada, vou ajeitando os livros que chegaram, arrumando, achando lugar nas estantes, mantendo tudo na mesma ordem: alfabética por sobrenome de — mas não, não é assim, estou mentindo; refaço o parágrafo:

Pelo menos ainda não entrou nenhum filho da puta; vou, na estante LITERATURA ESTRANGEIRA, vou entalando os livros que chegaram, forçando lugar nas prateleiras, mantendo tudo na mesma desordem: às vezes alfabética por sobrenome de autor, às vezes alfabética por título, às vezes cronológica por data estimada de primeira edição. Os outros livros, sobre as outras bancadas, para serem guar-

dados nas outras estantes: a baboseira da LITERA-
TURA BRASILEIRA, a canalhice da AUTOAJUDA,
a besteirada positivista da LIVROS ESPÍRITAS, a
maçada da BIOGRAFIAS, esses livros, eu os deixo
para Ramon e Almapenada arrumarem, ficam eles
com a incumbência de os enfiarem onde acharem
que devem.

Se termino logo a arrumação na estante LITE-
RATURA ESTRANGEIRA, vou para a FILOSOFIA
ou a POESIA, as outras literaturas que consigo
engolir. E se termino tudo, ou seja, o trabalho
nessas três estantes, ainda que o restante da Livraria esteja em um caos pré-criação do mundo,
subo as escadas em caracol, tomo água, mesmo
sem ter sede, me sento na privada, aproveito cinco
ou dez minutos devidamente pagos, com registro
na carteira de trabalho, cinco ou dez minutos sem
fazer nada, sentado na privada, como se fosse
cagar, mas sem arrear as calças. Depois volto,
e então, sim, começa mais uma vez: a grande
putaria: trabalhar.

Quando ela passou pelas portas duplas, entrou
na Livraria, já eram mais de duas horas da tarde.
E eu ainda não tinha almoçado. É possível: talvez tenha sido por isso que não a reconheci de
imediato, porque estava faminto. Ou então foi
simplesmente pelo inusitado, o improvável que
era ela, justamente ela, passando pelas portas,
entrando na Livraria, na minha Livraria.

Duas coisas precisas senti naquele momento:
1) o coração aos pulos dentro do peito, como se

Dão dez horas; não uso relógio, mas sei, porque as lojas
se abrem, todas ao mesmo
tempo. Começo a procurar:
pergunto, peço, olho, vou de
uma loja para outra. Mas
não, ao fim: nada do Bartók,
menos ainda dos concertos
para piano, nenhuma gra-
vação, econômica ou de
luxo, nada; Me desculpa, é
o que ouço, Fico devendo
para o senhor, me dizem,
Posso encomendar e na se-
mana que vem está aqui, me

é proposto, mas respondo Não tem problema, ainda que tenha e que seja muito problemático, digo Está certo, digo Não, obrigado.

Desanimado por não ter encontrado o Bartók que queria dar, que ainda quero dar de presente a Ela, desemboco automaticamente, sem perceber, na única livraria do Moinho. Mas não: não é a Livraria, com letra maiúscula, onde a dona abriu as portas e decretou que o dia, o expediente, a jornada livreira tinha começado, onde uma mulher agora entra, provocando sobressaltos em um dos vendedores; a livraria em que eu vou é uma livraria real, a única que há em todo o Moinho, e isso já diz bastante sobre o tipo de bairro aonde vim morar.

eu tivesse exagerado nas pilulazinhas, exagerado muito, o coração subindo até a garganta, na altura do pomo de Adão, e depois descendo até o estômago, onde ele dava um tranco que empurrava para baixo o intestino, a merda toda que estava ali dentro ameaçando sair por trás, o coração aos pulos e aos trancos como se eu tivesse de novo dezesseis anos, fosse outra vez aquele homúnculo ridículo que me esforcei tanto para matar, de novo nervoso e inseguro e perdidamente apaixonado; e 2) senti vergonha, muita vergonha.

Assim que reconheci que era mesmo ela quem entrava na Livraria, passava pelas portas, assim que meu cérebro transpôs o improvável e se deu conta de que ela estava realmente ali: me virei para a estante AUTOAJUDA, como se procurasse para algum cliente um desses livros repletos de otimismos. Puta que pariu, pensei, me perguntei Como explico este uniforme, a calça cor de vinho acre, a camisa branca, fina demais, como explico estar aqui, de pé, o dia inteiro, assalariado, empregado, o Vendedor de Livros, de segunda a sábado, pontual, como explico isso tudo. Provavelmente ela me olharia com um sorriso no rosto, um sorriso torto que diria Eu já suspeitava desde aquela época, já sabia que você ia dar nisso, só nisso; e depois, muito cortês, exclamaria Mas quanto tempo, perguntaria Como você está.

É claro que não encontrei o livro idiota do cliente inexistente, que não achei solução alguma na AUTOAJUDA. Me virei de volta para as portas da Livraria, sem escolha mas com os braços cruzados, protegendo o peito; me virei de volta e ela já estava ali, quase a meu lado. Olhou para mim: as sobrancelhas levantadas e os olhos arredondados; ela olhou para mim, sorriu e depois disse Bernardo, eu disse Marie, ela exclamou Mas quanto tempo, eu confirmei, disse Sim, e ela perguntou Como você está.

Já disse, já descrevi como eu estava; estava assim: com o coração aos pulos, o intestino revoltoso, e ainda encharcado de vergonha. Então, para evitar a mentira, não respondi; em vez disso, olhei seu rosto, os cabelos amarelos, olhei seus peitos, ainda tão pequenos, seus quadris, que tinham ganhado forma, suas coxas, provavelmente mais fortes, e seus pés, delicados, depois voltei na direção contrária, fui subindo os olhos pelas coxas, quadris, peitos, terminando de novo no rosto, emoldurado pelos cabelos amarelos, o rosto que ainda me esperava responder. Sem escolha, acabei dizendo Vou bem, e devolvi a pergunta E você, como está.

Ela estava bem demais, não havia dúvidas. Tudo tinha dado certo em sua vida. Tudo: tinha saído da Ilhota, como eu já sabia, ido estudar na Capital, conseguido um emprego de pesquisadora, promissor e bem remunerado pelo Governo Federal, tinha se casado e se preparava para defender o mestrado. Mas não parava por aí: assim que concluísse o mestrado, tentaria o doutorado, Para não perder o ritmo, como ela disse, e vinha planejando o primeiro filho. Mas

Bernardo a chama de Marie por causa da Maria Wodzińska, a fiancée do Chopin; Marie explicou isso a ele há mais de dez anos, quando se conheceram, disse que sua mãe tocava Chopin ao piano e chorava, não se conformava que o noivado dos dois, da Wodzińska e do Chopin, não tivesse terminado em casamento, um casamento que teria feito tão bem ao Frédéric, segundo ela, e amaldiçoava o pai de Maria, que acabou com o noivado, com o casamento, com as esperanças do pobrezinho do Frédéric, e quando Marie nasceu, em Cracóvia, ainda que loira e com os olhos quase claros, a mãe não teve dúvidas nem escrúpulos: batizou a criança de Marie, sim, com o nome desviando para o francês em homenagem ao marido, que não era polonês mas que também gostava de Chopin, e é por isso que Bernardo diz Marie, depois de ela arregalar os olhos, sorrir e dizer Bernardo.

e você, ela quis saber, como vão as coisas, o que você tem feito.

Tenho que descobrir uma forma alternativa de conseguir o empréstimo compulsório, neste caso definitivo, empréstimo sem devolução: como levar os três volumes do Tolstoi da Livraria para casa, minha casa, a edição encadernada em capa dura do *Guerra e paz*. Não posso pôr os livros debaixo da camisa do uniforme, um por noite, e no fim do expediente sair sem respirar, passar pela Velha sem dizer Boa noite; esta técnica não é viável com o *Guerra e paz* por causa da capa dura, também por causa do número desmesurado de páginas que o Tolstoi enfiou em cada volume. Podia usar minha outra tática de subtração, a da lixeira, mas me dói afundar os livros no lixo para os resgatar depois. Pois sim, eu tenho escrúpulos. Não consigo naufragar o Tolstoi no meio de chicletes mastigados, papéis de bala, panfletos de propaganda, notas fiscais, comprovantes de pagamento, sacolas plásticas, além de papel higiênico sujo de mijo e de merda, dos absorventes de Suzana, infestados de sangue, dos restos da comida que Almapenada traz de casa mas nunca consegue comer até o fim.

Ah, não, me perdoe, mas de jeito nenhum, Ela disse tentando me convencer, desnecessariamente, pois eu concordava, concordo que é preciso não apenas ler, mas também ter os livros, sei disso, mas minha postura racionalista se deve ao espaço: sou o déspota implacável de apenas trinta e sete metros quadrados, que tenho que dividir entre mim e os livros. Ainda assim Ela argumentou, disse Os livros, não basta apenas ler, pegar emprestado, é preciso ter a posse física, poder guardar na estante, saber que estarão lá, esperando para serem relidos ou para ganharem nova companhia, novos vizinhos, e eu anuí, disse Sim, disse Claro, mas fiz uma ressalva, próxima ao entendimento de Bernardo, Não são todos os livros que nos merecem como donos.

E, de qualquer forma, não está certo: levar o primeiro volume do *Guerra e paz* e deixar os outros dois ainda na Livraria, os separar assim, de forma tão traumática, correndo o risco de algum deles ser comprado antes que eu o consiga pegar, risco que a editora deveria ter previsto e evitado não deixando os três volumes serem vendidos separadamente. Tenho que encontrar outra forma de levar o Tolstoi para casa.

Há, claro, a opção de fazer do jeito tradicional. Mais ou menos assim: pego o Tolstoi da estante, cuidadosamente, apoio os três livros no balcão de mármore falso do Caixa, escolho três marca-páginas e entro eu também no ciclo do consumo capitalista, digo para a Velha, para a Porca, com um sorriso desafiador na cara, digo Vou levar. Sim, eu, o Filho do Magnata, como vocês me chamam, vou levar os volumes em capa dura do *Guerra e paz* que acabaram de chegar, vou levar antes que algum cliente consiga, tenha a chance de comprar. Não, por favor, não se incomode, posso ainda dizer, não precisa dar o Desconto de Funcionário, os míseros três e meio por cento que a desgraçada concede achando que, por causa disso, dessa merda de três e meio por cento, se transforma em um grande mecenas da literatura. Filha da puta.

Mas, assim como as outras, esta também não é uma boa solução. Drástica demais, a alternativa de comprar os livros contraria muitos princípios:

Aqui estou eu, na livraria, na parte comercial do Moinho, sem conseguir evitar: procuro um livro para comprar, dar a Ela de presente, outro livro para lhe entregar a posse física definitiva, e, é claro, vou fazer isso do jeito tradicional, sem o pôr debaixo da camisa e sair pela porta com a respiração trancada, sem o enfiar na lata de lixo para um posterior resgate.

a) eu daria razão a todos eles da Livraria, comprovaria que sou mesmo o Filho do Magnata, que trabalho sem precisar do salário, que posso gastar uma parcela obscena e desproporcional do que ganho na compra de literatura russa ricamente encadernada;

b) ajudo o capitalismo a continuar vivo, o capitalismo que também fodeu a literatura, tornou o livro um artigo de troca e o escritor simples mão de obra assalariada, como já tinha vaticinado Marx, antes mesmo do Adorno nascer, em um opúsculo perdido em algum volume de obras reunidas que, depois de ler, tornei a encaixar na estante SOCIOLOGIA, um opúsculo chamado, ainda me lembro, *Economia artística: esboços para uma crítica*;

Não é preciso ir a uma livraria, nem fazer pesquisa alguma; eu já aviso: Bernardo está enganado, ou de brincadeira; essa obra do Marx não existe.

c) a Velha, se eu comprar o Tolstoi, vai embolsar meu dinheiro, vai enriquecer exatos quarenta por cento do que eu pagar; e

d) provavelmente, pelos motivos a, b e c, vou ficar com nojo e acabarei nunca lendo nenhum dos três volumes encadernados em capa dura da nova edição do *Guerra e paz*.

De modo que preciso pensar, descobrir uma forma alternativa, nova: como conseguir o empréstimo definitivo, como levar os livros para casa, minha casa, sem pagar por eles e sem fazer o Tolstoi afundar as barbas brancas na lixeira.

Vim passar uns dias na casa da minha tia, ela disse, Marie, disse como se pedisse desculpas a mim e a si mesma por estar de novo atolada na areia suja da Ilhota. Minha mãe vendeu o apartamento, continuou, depois que fui para a Capital para estudar, e também se mudou; eu concordei Sim, disse Vi a placa pendurada lá, no terceiro andar, bem na janela de seu quarto. Mas no fim da semana já volto para a Capital, ela contou, aliviada, e eu pensei rápido, propus, ou melhor:

implorei, disse Vamos fazer alguma coisa juntos antes disso.

Marie aceitou, respondeu Claro, completamente adaptada aos modos brasileiros: dizer Claro, dizer Sim, dizer Com certeza, dizer Estarei lá, dizer Pode esperar, e nunca efetivamente aparecer no dia e na hora marcados. Posso cozinhar, sugeri, tentei tornar mais consistente o convite com uma trapaça culinária. Ela riu. Me perdi mais, fiquei ainda mais ridículo, mas segui em frente, disse Boules au poulet. Marie parou de rir, engasgou Ahn, eu temi pela minha pronúncia, mas não tinha mais jeito, ela tinha sido alfabetizada em francês, por causa do pai, apesar de ter nascido na Polônia, e eu estava fodido, sem saída, repeti como pude Boules au poulet, expliquei É o prato que vou preparar para nós dois. Depois a encurralei, concluí Jantamos na quinta à noite, então, mas minha audácia não durou muito de pé: perguntei, erro dramático, dei um passo atrás e perguntei, logo em seguida, como se pedisse, perguntei O que acha.

Era alarmante. Eu suava; certamente minhas axilas fediam ainda mais do que no começo do expediente, depois de descer os livros que haviam chegado, subir as escadas em caracol, descer com mais livros, equilibrados como se estivéssemos no circo, subir de novo, descer outra vez. Eu gaguejava e dizia sandices; Marie conseguia que eu tivesse de novo dezesseis anos, fosse outra vez o homúnculo ridículo que não sabia o que fazer com as mãos, com os olhos, com a boca e, principalmente, que

Trabalhei em uma livraria, como Bernardo, exatos nove meses, o tempo de uma gestação humana, ainda que a comparação seja gratuita, pois ao fim de meu tempo na livraria nada nasceu, pelo contrário: eu só tinha morrido um pouco mais.

Não costumo falar de mim, de minha vida; contei a Ela apenas o mínimo sobre a livraria, um dia passamos por ela e eu apontei, disse Já trabalhei aqui, mas não contei do tédio, do cansaço de estar oito horas em pé, não contei que, em alguns momentos, mesmo eu, que não gostava, que ainda não gosto de conversar com as pessoas, em alguns momentos era um alívio encontrar alguém conhecido, com quem pudesse falar e, falando, fazer o tempo se acelerar um pouco para a frente. Entendo Bernardo, entendo muito bem.

Marie odeia cozinhar; Bernardo não sabe, mas ela odeia. Então, é claro, não quer aprender nada da culinária belga, e se diz Eu levo a sobremesa, isso é apenas

não sabia o que fazer com o pau que levava entre as pernas, duro toda vez que a via. Mas ainda assim ela disse Está bem, perguntou Na quinta, e perguntou também Como são ces boules au poulet.

Respirei aliviado, talvez. É possível que eu tenha sorrido. Provavelmente todos os meus músculos relaxaram, minha postura ficou mais natural, minha voz passou a tremer menos. Minhas mãos ainda suaram, ainda continuaram frias, mas não tinha importância, porque ela dissera Está bem. É um prato belga, expliquei, disse Posso ensinar para você na quinta, propus Podemos cozinhar juntos. E de novo me arrisquei, dei a ela a chance de mandar tudo à merda, de novo eu, inseguro, adolescente, tive que pedir autorização: perguntei Que tal.

Mas tudo ia bem, como se fosse literatura ruim e o autor estivesse bem-humorado, ou tivesse algum final catastrófico que precisasse ser antecedido por páginas alegres para ter o efeito trágico intensificado, como ensinou Schopenhauer em algum livro que levei emprestado, provavelmente *O mundo como vontade e representação*, levei da Livraria e devolvi depois, na manhã seguinte, logicamente com muitas páginas não lidas, o que me obrigou a refazer o empréstimo a cada noite, por mais de uma semana; tudo ia bem porque ela disse Claro, disse Está combinado, você me ensina culinária belga e eu levo a sobremesa. Eu não precisava dizer, escrever este detalhe, mas aqui vai: ainda fui grosseiro, olhei para os peitos dela, mesmo que tão discretos debaixo da roupa, mordi os lábios e disse, confirmei Está combinado então, cozinhamos juntos, na quinta à noite.

Faz um sinal para mim, Ramon, ele me chama, junto à estante JORNALISMO. Põe a mão fechada sobre a boca, força duas tosses seguidas, falsas, diz Consegui mais daqueles comprimidos para você. Olho para o Caixa; a Velha está lá, empoleirada ao lado de Suzana, conta o dinheiro, não nos observa; volto para Ramon e digo Mas que merda é essa. Porra, ele diz, responde, o corpo repleto de gestos abortados, pergunta Você não queria mais, disfarça, mira a rua através da vitrine cheia de livros, completa Então, eu consegui, consegui mais. Digo Não, digo Caralho, digo Puta que pariu, empurro Ramon para o lado e repito Mas que merda é essa.

Tiro o livro do Knut Hamsun, *Fome*, da estante e mostro para Ramon; acuso Foi o filho da puta, Almapenada, só pode ter sido ele. Ramon fala que não tem importância, que é para eu parar de implicar com Almapenada, que o cara está mal, cada vez pior, que vai morrer e que temos, nós dois, temos que ser companheiros, que encobrir, acobertar seus erros. Digo Enfiar o *Fome* na estante JORNALISMO ultrapassa meu cristianismo, e pergunto O que ele estava pensando, que o Hamsun era o idiota de um jornalista que se enfiou na Etiópia, ou na Somália, que *Fome* é um relato africano cheio de fotos de crianças raquíticas, com aquelas barrigas como bolas de futebol; concluo Vai se foder, isso é demais.

Ramon não dá importância, pergunta, impaciente, volta ao início da conversa, modera o tom, diz Vai querer ou não vai. Pergunto Quantos

por reflexo condicionado, imaginando que aparecer com um pote de sorvete, ou uma caixa de bombons, é educado e resolve a questão.

comprimidos conseguiu, pergunto Quanto vai cobrar desta vez, aviso Só posso pagar depois que a Porca abrir a mão, soltar o pagamento. Ele ri, Ramon, diz É claro, ironiza O Filho do Magnata está pobre agora, e eu o mando à merda, confirmo Quero tudo o que você tiver conseguido, mas o mando à merda.

Talvez seja por já ter trabalhado em uma livraria que a mulher, ou por pura falta de atenção, que ela me pergunta, enquanto vou de um lado para o outro procurando o livro que darei a Ela, o livro que marcará o dia de sua chegada, amanhã, em meu apartamento: a mulher me pergunta Por favor, pode me dizer onde encontro o Hermann Hesse.

Ramon volta para a frente da Livraria. Levo o livro do Hamsun para a estante que lhe cabe, a minha estante, LITERATURA ESTRANGEIRA. E lá está: ao lado do Hrabal, encontro outra anomalia: dois livros do Heidegger: *Ser e tempo* e *Marcas do caminho* se fingindo de romances. Lanço um olhar homicida para Almapenada, ele ri fraco, tem as costas curvadas, conversa com uma velha de cabelo lilás na frente da estante LIVROS ESPÍRITAS; penso Só pode ser o filho da puta, só pode ser ele quem está guardando tudo no lugar errado, e deixo os livros como estão, largo o Hamsun sobre a bancada, não arrumo nada. Não quero ser companheiro, não quero consertar as cagadas dos outros, mesmo que se trate de alguém com uma doença crônica; não, não quero. Subo as escadas e me tranco no banheiro.

Agora que tenho garantidas mais algumas cartelas, mordo dois comprimidos de uma vez só, sem culpa, sem medo de que acabem. Me sento na privada, sinto o susto e depois a delícia que se alastra por mim, e começo a contar: exatos sete minutos e meio; essa será minha folga.

Marie procurava um livro sobre entomologia forense. Algo muito específico que a Livraria, é claro, não tinha nem no cadastro. Podemos encomendar, eu disse, apenas por hábito, porque sabia que ela estaria de volta à Capital no fim da semana: lá, em alguma livraria especializada, encontraria livros aos montes sobre o assunto. E foi o que ela disse. Não, não precisa, falou e depois completou Ainda assim vou dar uma olhada por aí, ver se encontro alguma coisa para ler. Com o mau costume da serventia já entranhado em mim, respondi, no modo automático, disse Fique à vontade, e dei um passo para trás, com as mãos amarradas às costas.

Como se trabalhasse, vigiasse os clientes para que não roubassem, pois Essa será sua principal função aqui, a Velha me disse, a Porca, no dia em que me contratou, vigiar os clientes para que não me roubem; como se trabalhasse, fiquei seguindo Marie, olhando ela se movimentar pela Livraria. Houve um tempo em que, pelo menos uma vez por dia, batia punheta pensando nela; durou seis meses isso, talvez mais. Ela olhava os livros da minha estante, LITERATURA ESTRANGEIRA, ia do começo ao fim de cada prateleira. Eu gozava e, com as mãos grudentas de porra, sentia a maior solidão que já houve no mundo; ao menos assim pensava que era, naquela época, eu, o homúnculo de dezesseis anos. Marie atravessou para o outro lado da Livraria; passou por mim, sorriu, Vou agora dar uma olhadinha ali, disse como se pedisse desculpas, tivesse medo de estar incomodando, eu sorri de volta e disse, repeti, como se me faltasse

Acho engraçada a pergunta, Pode me dizer onde encontro o Hermann Hesse, a mulher me disse, diz, e eu penso em responder Não encontra: ele já morreu. Não faço a piada, no entanto, também não esclareço o engano e digo que não trabalho na livraria; não, ao contrário, repito sua pergunta, digo Hermann Hesse, ganho alguns segundos para compor melhor a farsa, depois me aprumo, digo Claro, convido Venha por aqui, por favor.

um repertório verbal mais variado, sorri e disse de novo Fique à vontade.

Foi só então que me dei conta: a bolsa que Marie levava. Descrevo: uma bolsa de mais ou menos trinta por quarenta por dez, portanto com um volume de muitos centímetros cúbicos, ainda assim discreta, talvez por causa da cor, marrom, ou porque Marie roubava a atenção dos detalhes, questão que, naquele momento, não era importante. O que importava, afinal: o *Guerra e paz*, os três volumes da nova edição do Tolstoi, caberia dentro daquela bolsa, pendurada no ombro anguloso e nu de Marie. Ela havia aceitado o convite para jantar comigo, disse a mim mesmo, calculei, forcei uma relação não necessária, concluí Não vai me negar ajuda para roubar os livros.

Fui atrás dela; estava na estante LIVROS EM FRANCÊS, uma porção da Livraria dedicada, obviamente, à literatura francesa no original francês. Parei a seu lado. Ela segurava um livro do Flaubert; lia a contracapa. Terminou, virou para mim, disse Vou levar este aqui. Respondi Muito

Atravesso a livraria junto com a mulher, volto para a estante de literatura estrangeira, me lembro dos livros do Hesse que já li. Olho para ela, para a mulher, meço seu corpo, suas roupas, uso o arsenal de meus preconceitos e arrisco, como fazia quando era vendedor, digo Você deve estar procurando *Sidarta*, penso É claro que não veio atrás do Hesse mo-

bem, perguntei, de novo no modo automático, eu, o vendedor, Não quer ver algo mais, e ela disse Não, obrigada, é só isso mesmo.

Certo: aquele era o momento, tinha que ser naquele instante ou ela iria até o Caixa, pagaria o Flaubert, iria embora e os livros do Tolstoi, encadernados em capa dura, os três volumes, continuariam na estante, à espera de algum mau leitor. Então me apressei, disse Deixa eu mostrar uma coisa para você, agi rápido, a convidei com um gesto incisivo, a forcei a me seguir pela Livraria.

Sem escolha, ela me seguiu, Marie, foi atrás de mim de volta à LITERATURA ESTRANGEIRA. Fomos passando o alfabeto em zigue-zague e paramos na letra T. Eu disse Olha isto aqui, e apontei para os três livros. Nunca li, ela comentou, depois completou Na verdade nunca li nada do Tolstoi, e perguntou, ou afirmou É claro que você já deve ter lido todos estes livros aqui, e fez com a mão e com os olhos um movimento que abarcava a estante inteira. Não, é claro que não. Mas o *Guerra e paz* já li, eu disse, não esta edição, mas já li.

Ramon passou por mim e disse Vou almoçar. Almapenada descia devagar as escadas, tinha dois livros nas mãos, mas dava a impressão de que carregava vinte. A Velha estava parada na porta, olhava o movimento, de certo preocupada com as últimas manifestações de rua que haviam terminado em tumulto, em vitrines quebradas, em polícia para todos os lados, em bombas de gás lacrimogêneo estourando como pipoca. Suzana só podia estar lixando as unhas, com as mãos escondidas debaixo do balcão do Caixa, os olhos ocupados, divididos entre vigiar preventivamente a Porca e cuidar para que as unhas não ficassem curtas demais. E eu disse para Marie, pedi Quero que leve estes livros para mim.

Marie abriu a boca, mas não disse uma palavra. Logo entendi: pensou que eu estava pedindo os livros de presente. Antes que eu conseguisse corrigir o tropeço na comunicação, me dei conta do

dernista de *O lobo da estepe*, amplio minhas chances de acertar sugerindo também Ou está procurando algo como *Caminhada*, porque, sim, não tenho dúvidas: ou ela quer o Hesse budista ou o aquarelado.

Acerto, sim, apesar de errar o título do livro, eu acerto: a mulher está procurando *O jogo das contas de vidro*, último livro do Hermann Esotérico, e nós temos, ou melhor, a livraria tem um exemplar. Eu o tiro da estante, estendo para a cliente, ela o pega, acentua as sobrancelhas, agradece e pergunta É só ir ao caixa para pagar. Respondo Sim, digo Por favor, de novo me controlo, me obrigo a responder gentilmente às perguntas idiotas, como quando eu era de verdade o vendedor. Mas agora chega, acabou, a piada perdeu a graça. Tenho que voltar, volto a minha procura, paro de fingir, a mulher vai embora, eu continuo: vasculho a livraria atrás de um livro, de outro livro para dar de presente a Ela.

Demoro na procura, mas por fim encontro; não preciso ficar até a livraria fechar, é claro que não. Acho um livro do Mario Benedetti, *A trégua*; é esse que escolho, elejo: é o presente que vou dar a Ela no lugar da música impossível, dos concertos para piano do Bartók, que queria tanto, mas não encontrei em nenhuma das lojas no Moinho. Eu sei muito bem, não são concertos dos

óbvio: que não, ela não compraria o Tolstoi para mim, de presente, se eu tivesse mesmo pedido. Foi isso o que seus olhos, arregalados, me disseram junto com a cara de espanto que se estampou ao redor dos cabelos amarelos. E me ofendi.

Talvez não tivesse razão, é claro que eu não tinha, mas ainda assim me ofendi. E lá estava, em mim: uma raiva que me impelia ainda mais a fazer de Marie minha cúmplice, a não lhe dar opção. Expliquei Não quero que me dê os livros de presente, disse Quero que você os roube para mim; segurei seu braço, fechei os dedos com força, impedi que ela se afastasse e perguntei, como se a ameaçasse, talvez a ameaçando de verdade, perguntei Você entendeu.

O último cliente sai. A Velha diz Então é isso, bate uma mão na outra, aplaude, pede a Suzana Me dá as chaves. Almapenada está esverdeado, outra vez; Ramon pergunta se tem alguém para o levar em casa. Eu recolho o lixo.

Primeiro: esvazio a lixeira do fundo da Livraria. Passo pela estante onde Marie deixou um buraco, que eu não quis fechar realocando os livros das outras prateleiras. Depois pego o lixo que fica junto à porta e subo para os banheiros. Eu sabia: Suzana está menstruada e Almapenada tem de novo disenteria; É por isso que está verde daquele jeito, penso, e é inevitável concluir Vai morrer. Desço a escada em caracol com o grande saco preto repleto das nossas imundícies.

Na porta, a Velha gira a chave e me deixa passar. Quando passo ela diz, a Porca, diz É isso aí, e me chama de garoto; É isso aí, garoto, ela cuincha e sorri podre, é assim que ela se despede de mim, todas as noites. Mas não respondo; repasso mentalmente algumas formas de vingança, certos procedimentos que envolvem violência física extrema, mas não respondo. Despejo o lixo. Acabou. E, de qualquer forma, já me vinguei. É hora de voltar para casa. Pelo menos: este dia acabou.

mais tradicionais; têm o linguajar áspero, as notas saem ríspidas dos instrumentos: isso talvez explique o fato de não ter achado nenhuma gravação de qualquer um deles à venda, mas ter encontrado pencas, cachos coloridos de vivaldis, de beethovens, de mozarts, de bachs, sempre repetidos, e nenhum Stockhausen, nenhum Messiaen, nenhum Schönberg, nem mesmo um mísero Alban Berg para me fazer sorrir e ter ainda alguma esperança.

2.

a) Voam pelo céu, os helicópteros, eles passam, de um lado para o outro, rasantes, depois somem e voltam a passar. Roberto está na cama, deitado; não os vê. Mas sabe de seu voo pelo troar que os persegue, denuncia: o barulho surge quase imperceptível, se intensifica, passa por cima dele e morre do outro lado, distante como começou. Ele se levanta. Vai até a janela, afasta as cortinas. Olha para o céu e ainda assim não os vê, os helicópteros; é outra vez apenas o barulho, ribomba lá fora, ecoa dentro do quarto, vem e depois se dissipa, silêncio. Ontem as pessoas estavam nas ruas, de novo, aos milhares, formaram um enorme molusco que tomou a cidade, mole, se alastrou como quando o rio vaza, enche os bairros mais baixos por dias, às vezes semanas; mas hoje tudo está calmo. O dia vai quase pela metade e a cidade continua silenciosa, como se fosse domingo; não há gente que caminhe pelas calçadas, nas ruas não há carros, ônibus, nada: Roberto olha pela janela e o Parque Municipal está congelado, a avenida Afonso Pena, dezoito andares abaixo, se esparrama assassinada, sem ninguém que a faça ressuscitar. Somente os helicópteros, pelo céu, passam rasantes; eles voam, troam, somem e voltam a passar.

Já é mais de uma hora da tarde; deixo a livraria e estou com fome: dormi mal, acordei cedo, corrigi três páginas do romance antes de sair de casa, e tomei apenas um café com leite, na Tabacaria; então volto pela rua do Padre olhando os restaurantes, os cafés, penso se devia parar, comer alguma coisa, ou seguir direto para casa. Tenho ainda muito o que arrumar por causa de sua chegada, amanhã de manhã, muita coisa para pôr em ordem; mas pelo menos o presente eu comprei, ainda que agora me lembre outra vez, com algum desgosto: não queria dar um livro para Ela, outro livro; mas não teve jeito, não encontrei os concertos do Bartók, e aqui está, o Benedetti, dentro da sacola, em um embrulho com papel colorido que terei cuidadosamente que desfazer para escrever uma dedicatória, algo discreto, sem referência à data, ao momento, a sua chegada em meu apartamento e ao que isso significa.

O último livro fui eu quem ganhou, como presente de aniversário, no mês passado: um romance do Grégoire Bouillier, *O convidado surpresa*, que é o livro perfeito para dar de aniversário, ou para ganhar, já que o autor, o narrador, o personagem, ele é o convidado surpresa de uma festa-ritual de aniversário organizada pela Sophie Calle; sim, ela mesma, Sophie Calle, a artista conceitual francesa e polivalente.

b) Roberto disse Não, você não tem que se preocupar com nada disso: você é uma artista plástica. A política, essas revoltas populares, os protestos, as greves, os manifestantes presos, os torturados, os choques com a polícia, o pronunciamento do presidente deposto, e se houve mesmo mortos ou não, nada disso lhe diz respeito. Ele repetiu Você não tem que se preocupar, e justificou outra vez, com o mesmo argumento, disse Você é uma artista. Eles fodiam, no dia anterior, enquanto os outros apanhavam. Roberto não conseguiu sair de dentro dela mesmo quando as primeiras bombas estouraram, fizeram os vidros das janelas tremerem. De quatro sobre a cama, ela dizia Isso, dizia Assim, e Roberto metia com mais força, ela repetia Isso, repetia Assim, gemia com gosto, não queria silenciar. E hoje os helicópteros são todos os pássaros do céu.

c) Quando Roberto deixa a janela, é a vez dela: se levanta da cama e se debruça para fora. Tenta entender o que está acontecendo, ou verificar se há exageros no relato dele sobre a cidade ter morrido. Não se preocupa que lhe falte a camiseta, ou o soutien; pela janela, seus peitos se ofertam com a desculpa de que, no décimo oitavo andar, estão a salvo de olhos tarados, dos pervertidos. Então ela diz Está tudo quieto. Roberto sabe, já tinha visto: sem carros, sem ônibus, sem gente; lembra isso a ela. Parece feriado, ela retruca, depois conclui Deve ser feriado hoje, aqui, nessa cidade, e não sabemos. Procura, Roberto, dentro da mala, ele procura uma camisa para vestir; descobre que todas as roupas ficaram amassadas desta vez; pensa no tempo que Marcela gastou passando as camisas: a irritação vira um palavrão, sobe à boca como um arroto e Caralho, ele diz. Vamos sair, sugere, olha com desgosto seu reflexo no espelho; pede Põe uma roupa, explica Vamos tomar o café. Ela anda pelo quarto: seu corpo nu agora é um peso incômodo; abre o armário, olha os vestidos pendurados, Queria tomar um banho antes, diz. Roberto já está pronto, Não pode tomar o banho depois do café, pergunta, ela argumenta Você gozou em cima de mim ontem, parece que já se esqueceu. Não, ele não se esqueceu: a verdade é que não se lembra, não chegou a registrar seu pau esporrando sobre ela; a última imagem da noite anterior é dela ameaçando o choro, os dois ainda no bar, em uma das mesas ao ar livre, perto da praça Sete, o cara com o violão tocando músicas melancólicas demais, a segunda garrafa de vinho já no fim e ela se levantando com os olhos vermelhos, dizendo Preciso ir ao banheiro.

Acabo por me deixar enredar por um dos pequenos restaurantes da rua do Padre; cumprimento o garçom, escolho uma mesa na calçada, peço uma quiche lorraine, uma taça de vinho branco, depois outra. Me esqueço do presente que não devia ser um livro, me esqueço dos concertos do Bartók, de amanhã, da chegada dela, do romance que caminha lento demais, sim, eu me esqueço de tudo, ainda que por pouco tempo.

Depois que termino de comer a quiche, de beber as duas taças de vinho, peço ao garçom, digo Um espresso com leite, por favor, que tomo enquanto fumo um cigarro, sem pressa alguma, olhando as pessoas que passam pela rua, a meu lado, próximas e ao mesmo tempo distantes demais.

Grégoire Bouillier e Sophie Calle ficaram juntos, sim, depois da festa-ritual do aniversário dela eles tiveram um relacionamento,

d) Vencido, Roberto se sentará na cama e ela tomará um banho. Os lençóis formarão um mar revolto, com o nome do hotel bordado nas ondas; o soutien e a calcinha, abandonados desde a noite, serão náufragos insolúveis sobre as manchas do sexo, que secarão antes de chegar ao colchão. Ele pegará o livro que deu a ela de presente, passará as páginas, ao azar, mesmo sabendo que seria mais útil ligar a televisão. Não lerá uma palavra, apenas olhará as figuras: reproduções das pinturas do Torres García, que avançarão do classicismo ao construtivismo debaixo de seus olhos, conforme o livro for caminhando para o fim, sem que ele entenda muita coisa. Por pouco, não perderão o horário do café da manhã.

e) O restaurante estava vazio: nenhum hóspede, ali. Também não havia funcionários, apesar do buffet estar servido, as mesas postas. Roberto comeu: salada de frutas, cereais com iogurte, ovos mexidos e duas fatias de pão preto com manteiga; bebeu dois copos de suco de laranja e uma xícara cheia de café com leite. Ela estava quieta, como no outro dia; ele já tinha visto, em outras mulheres, aquele mesmo mau humor matinal que só terminava com uma trepada ou com o almoço. Não comeu o mamão que Roberto trouxe, nem tomou o suco, não usou os talheres que ele pegou; se irritava quando ele propunha lhe servir, respondia Eu posso me levantar e pegar sozinha. Do pedaço do bolo de maçã com canela, comeu apenas uma garfada e disse Já chega, disse Podemos ir embora.

f) O hall do hotel também está vazio. Roberto pede ao funcionário da recepção que chame um táxi, mas ele não chama. A orientação que estamos dando aos hóspedes, diz, é que fiquem no hotel, por enquanto, e de preferência dentro de seus quartos. O funcionário não controla o nervosismo; e não pede desculpas, não dá qualquer explicação adicional. Ela, ao lado de Roberto, com um braço trançado ao seu, murmura Mas eu queria tanto passear, e ele pergunta ao recepcionista, ele, Roberto, tendendo ao perplexo, pergunta Mas por que não podemos sair; o funcionário responde apenas Não sabemos ainda, senhor, diz São as recomendações. Roberto finge que entende, que está certo, que é natural. Olha de novo para o hall, completamente vazio. O telefone, debaixo do balcão, toca; o funcionário se despede deles, espera que os dois saiam, que se afastem, e só então atende, diz Alô, e mais alguma coisa que não entendem. Do outro lado das portas de vidro, a avenida Afonso Pena é uma fotografia, em preto e branco, sem movimento, pronta para entrar nos livros de história.

mas as coisas sempre dão errado, mais cedo ou mais tarde; Sophie Calle fez arte conceitual com o e-mail de rompimento que o Grégoire Bouillier lhe enviou, enquanto ele ficou escrevendo livros, inclusive *O convidado surpresa*, que Ela me deu de aniversário, no mês passado; eu o li em dois dias.

Termino o café e o cigarro, mas não peço a conta, não me levanto: não vou embora; fico sentado a uma das mesas do pequeno restaurante e me recordo, me lembro da primeira vez que transamos, eu e Ela; foi depois de almoçarmos em um lugar muito parecido com este.

g) Os helicópteros continuam passando, rasantes. Ela se deita na cama, diz, séria, como se anunciasse uma grande catástrofe, diz Só nos resta trepar, então, se não podemos sair para a rua. Não havia ninguém no corredor, no elevador, no restaurante, no hall, Roberto diz, pergunta Você reparou. Ela não responde; em vez disso, corta para outro assunto, pergunta Como está seu gato. Gorda e peluda, ele responde, usa o feminino pois o gato é fêmea, depois comenta Ele está comendo muito, agora, por causa do inverno, e usa o masculino pois não se importa tanto com ela, com o(a) gato(a), completa Qualquer dia desses estoura de tanto comer. Ela diz Queria um bichinho desses para mim, diz Sentiria mais saudades dele do que de você. Soltam muito pelo, Roberto retruca, avisa E eles dormem demais: não tem muita graça um animal desse. Ela concorda, mas Pelo menos eles são quentinhos, diz, e Roberto pula de assunto, sem transição também, pergunta algo que estava pensando desde o dia anterior, Como é isso para vocês, para as mulheres, ele pergunta, isso de trepar e não gozar, como é que isso fica. Ela responde Não sei, diz Você sempre me faz gozar; ele não protesta contra a mentira dela, também não insiste na questão; comenta, como se falasse sozinho, Deve ser estranho. Ela persiste no tema felino, retoma, fala Logo vou ter meu apartamento, pergunta Então você dá seu gato para mim. Você esquece que o bicho não é meu, Roberto responde, ela resmunga Ah, ele completa Sim, é da Marcela, ela diz Achei que fosse da Lena, e a conversa está encerrada.

h) Ela já estava nua. Ele se deitou vestido; se beijaram. Nenhum empregado do hotel foi, naquele dia, arrumar a cama, limpar o quarto, lavar o banheiro. Ela não reclamava da barba de Roberto, nunca reclamou; mas era visível: ao redor de sua boca a pele ficava irritada, com manias de vermelho, se eles se beijassem por muito tempo. Não tinham mais a urgência da noite anterior. Continuaram se beijando. Passou mais um helicóptero e ela se sentou sobre Roberto; antes: tirou a calça dele, a cueca junto com a calça, sorriu quando viu o pau duro. Ele tirou a camisa. Ela esfregou a boceta ao longo do pau de Roberto, procurou em seu rosto indícios para saber se fazia certo. Mas não: mais machucava do que excitava, ela, enquanto se esfregava nele; seus pelos, raspados havia alguns dias, tinham começado a crescer e o arranhavam; ele não contou, nem reclamou, não disse nada: aguentou, quieto, a agressão involuntária, chegou mesmo a simular algum deleite impossível, e ela acreditou. Ficou aliviado quando ela decidiu que já bastava e enfiou o pau, que começava a ficar mole, em sua boceta, sem mais nenhuma cerimônia. Um pouco sem

Naquele almoço não consegui comer quase nada: uma angústia declarada e veladamente discutida me dava um nó no estômago; então Ela disse Vamos embora, a comida sobrava pela metade em meu prato, nós fomos, saímos do pequeno restaurante, passamos na farmácia para comprar os sabonetes que tinham acabado, subimos para meu apartamento, ouvimos música e bebemos whisky. Sim, era óbvio, só eu não percebia, não sabia, não conseguia pular todos os impedimentos, os inconvenientes que se levantavam entre mim e Ela, mas era óbvio que iria acontecer e, claro, aconteceu, uma hora não pude mais, não aguentei, não resisti: eu a beijei, e aquele foi o beijo mais difícil de toda minha vida.

jeito, ficou sobre Roberto, subindo e descendo. Não demorou muito para que viesse, veio, o momento em que não percebia mais que ele estava ali: juntou os peitos com as mãos, apertou o bico de cada um, acelerou o movimento que fazia e gozou. Gozou tão rápido e fácil como sempre; às vezes seus orgasmos pareciam fraudes, ainda assim Roberto nunca os contestava. Ela se deitou a seu lado, satisfeita. Afastou as pernas e esse era o convite mudo para que ele ficasse à vontade: que voltasse, se quisesse, para dentro dela, e a fodesse até gozar também. Fodeu. Ainda que muito mais demorado do que ela, gozou. Não esporrou em sua barriga, nem em seus peitos, em cima dela, como ela tinha dito que ele fizera na noite anterior. Olhar o rosto, sentir os espasmos do corpo de Roberto enquanto ele gozava, quase causava nela um segundo orgasmo; o abraçou, pediu Fica ainda dentro de mim. Vencido, ele se deixou ficar ali, largado sobre ela, dentro dela, ouvindo os helicópteros que voavam rasantes sobre a cidade.

Roberto desenvolve pesquisas em uma área da biologia que sempre me pareceu inusitada, ou hollywoodiana demais: entomologia fo-

i) Os pais não sabem que está ali, naquele quarto, naquele hotel, naquela cidade acompanhando Roberto em um congresso de entomologia. Ela não contou a ninguém. A versão oficial é que passa alguns dias na chácara de uma amiga que não tem chácara alguma, nem sítio, nem casa: mora em um apartamento de um quarto, alugado, mas o detalhe é irrelevante. Se a conjuntura política, como costumam dizer os experts, tiver mesmo se complicado outra vez, se os helicópteros forem a causa ou a consequência dessa nova complicação, certamente os pais vão procurar por ela. Com um simples telefonema, descobrem a mentira toda. Ela ri, não se importa, diz para Roberto É bom estar aqui com você. Riu e não se importou também quando aconteceram as primeiras manifestações: as pessoas tomaram as ruas, pararam o país com greves, com protestos. Os helicópteros agora voam e ela tampouco se importa; não a incomoda também o silêncio anormal das ruas.

j) Não tinha conseguido comprar LSD e disse que ficou com vergonha de trazer maconha, sem explicar por quê; então Roberto acendeu um cigarro, ela ligou a televisão. Gostava de conversar ainda menos do que ele, depois de trepar. O controle remoto na mão, foi passando os canais. Um jogo de futebol reprisado. Um programa culinário em que o apresentador se submetia a dez asas de frango embebidas em um desumano molho de pimentas. Um seriado norte-americano com sexo simulado para crianças adolescentes. Um filme japonês em preto e branco. Um programa de entrevistas em que um tenista explicava a diferença do jogo nas quadras de saibro e

rense, é assim que se chama. E nada mais é do que a aplicação dos conhecimentos que a biologia tem sobre os insetos em processos criminais, um tipo de estudo que ganhou novo fôlego e que rende muitos convites para Roberto apresentar o tema, ou os resultados de suas pesquisas, em congressos, seminários, simpósios, encontros biológicos pelo país inteiro. A mulher que divide desta vez o quarto do hotel com ele, uma artista plástica talvez promissora, ainda jovem demais, ela ouviu, como todas as outras também ouviram, a história da autoridade policial chinesa que, em 1235, após um corpo decapitado ter sido encontrado em um arrozal, pediu aos trabalhadores do local que trouxessem suas ferramentas de trabalho, o que todos fizeram, e depois de algum tempo, mesmo sem vestígios visíveis que denunciassem a arma do crime, moscas se juntaram sobre uma das foices, sim, apenas sobre uma, e deduraram o homicida. Segundo Roberto, essa teria sido a primeira aplicação prática da entomologia forense na solução de um crime.

Apesar de ter saído de casa, ido até as lojas do Moinho hoje de manhã para procurar uma gravação dos concertos para piano do Bartók, isso não quer dizer que eu ame orquestras sinfônicas e regentes e concertos em geral, não: prefiro a música de câmara, poucos instrumentos tocados em salas com acústicas mais intimistas; no entanto, alguns compositores, o Schönberg dodecafônico, por exemplo, além do próprio Bartók, ainda consigo engolir na versão orquestral completa.

Ainda sentado no pequeno restaurante, acendo outro cigarro, volto a pensar no livro que Ela me deu de aniversário, volto a pensar em Sophie Calle, e me pergunto O que é, afinal, a arte conceitual, a exposição que ela criou a partir do e-mail

nas de grama. Um concerto com o Karajan regendo a Filarmônica de Berlim, sem desmanchar o topete. Nada na TV falava sobre os helicópteros: nenhuma notícia, nenhum comentário, nenhuma declaração oficial; não havia qualquer explicação de por que as ruas estavam desertas. Mas em quarenta e cinco minutos começaria um telejornal. Apaziguados, ficaram na cama, esperando, ainda nus; e, enquanto não começava o noticiário, os dois debocharam da sinfonia do Brahms, que a orquestra alemã levava a sério demais.

k) Você é uma artista plástica, ele disse. Não devia se preocupar. A política, essas revoltas populares, os protestos, as greves, os manifestantes presos, os torturados, os choques com a polícia, o pronunciamento do presidente deposto, e se houve mesmo mortos ou não, nada disso lhe diz respeito. Mas ela não tinha mesmo se preocupado. Nesses últimos tempos, seguiu na casa dos pais, pintando telas como um autista segue pela rua, alheio às pessoas e preso em seu próprio mundo. Se helicópteros passavam então pelo céu, enormes libélulas de aço, não era por sua culpa, Roberto disse. Mas ela ficou incomodada: porque se deu conta de que seu alheamento, seu distanciamento de toda a balbúrdia política podia ter sido cômodo ou propício para alguém, ou para alguns. Ajeitando um travesseiro às costas,

Roberto se sentou na cama, encostado na cabeceira, e disse Isso é bobagem, fez uma careta de desdém e completou Por favor, não seja megalomaníaca, ou paranoica. Devia ter protestado também, com sua pintura: podia ter denunciado as mortes, a tortura, podia ter se manifestado junto com a multidão, desde seu ateliê, ela disse e Roberto contestou É claro que não. Como se falasse com uma criança, decretou Isso teria sido idiota, acredite em mim. Ela retrucou E agora você entende de arte, além de insetos, e citou Picasso pintando *Guernica*, lembrou do Sartre e da resistência francesa, falou dos artistas que denunciaram o nazismo e o extermínio dos judeus nos campos de concentração, dos roqueiros cantando a fome na África, e Roberto simplesmente disse A arte é inútil quando as pessoas começam a morrer. Aconteceu então o silêncio. Na Afonso Pena, abaixo deles, ainda nada se mexia, nenhum barulho entrava pela janela aberta; e dentro do quarto também tudo parou. Roberto perguntou Quantas vidas *Guernica* salvou. Perguntou As obras sobre o holocausto, quantos judeus elas ressuscitaram. Repetiu a ideia que a tinha calado, disse A partir do momento em que as pessoas começam a morrer, a arte não serve para porra nenhuma. Ela disse sem terminar Mas o Sartre, ele pelo menos, e Roberto, como se não a ouvisse, continuou Picasso teria sido mais útil se tivesse largado os pincéis e pegado

de ruptura enviado pelo Grégoire Bouillier, sim, Que merda é essa, no fim das contas. A pergunta me faz lembrar do Duchamp, mas me remete também ao Rauschenberg, mais precisamente para ele, em 1953, comprando um desenho do Willem de Kooning, o expressionista abstrato, e depois exibindo o mesmo desenho, mas completa e cuidadosamente apagado, portanto desenho nenhum, apenas o papel onde tinha estado o desenho do outro: incrivelmente, a exibição do desenho apagado era maior, enquanto arte, maior e mais complexa do que o desenho original.

um fuzil. Pintar *Guernica*, ou escrever um livro sobre o holocausto, serve só para lavar as mãos, deixar mais leve a consciência dos cuzões que não tiveram coragem de fazer nada. Foi o que Roberto disse. Em seu silêncio, ela ruminou que talvez fosse justamente isso o que quisesse, precisasse fazer: lavar as mãos, dar um banho em sua consciência. Mas depois disse Não, disse Não pode ser assim, desse jeito, como você diz.

l) Acordam com fome. A claridade amuada lá fora proclama que já é quase noite. Perderam o telejornal. A televisão, que ficou ligada, mostra agora um documentário sobre Leonardo da Vinci: ele era ambidestro e também sabia escrever de trás para a frente. Ela se espreguiça, quer tomar outro banho; mas Roberto irá antes, como de costume. Anda à vontade, nu, a sua frente; sente um prazer supostamente feminino em deixar que ela o veja, observe seu corpo se deslocando pelo espaço, sem roupa alguma que o cubra. Por isso, antes de entrar no banheiro, passeia gratuitamente pela suíte do hotel, vai até a janela, volta para a cama, vai ao armário, finge que procura alguma coisa na mala. Por fim, desaparece; abre o registro, deixa a água caindo dentro da banheira para que, do quarto, não se ouça os ruídos do que vem depois. Tranca a porta. Se senta na privada e, com esse pequeno ato, chega

Finalmente peço a conta, deixo o pequeno restaurante, ou bistrô, como Ela o chamaria, e sigo pela rua do Padre, vou pelo mesmo caminho da vinda, mas não de volta para casa: na avenida de Outubro, viro em direção ao mercado. Enquanto ando, penso que gastei quase o dia todo para comprar apenas um presente que, ao fim, não é o que eu tinha planejado dar a Ela, e refaço mentalmente a lista de afazeres, preparações que tenho que cumprir antes de sua chegada, amanhã, e me inquieto: porque falta ainda muita coisa.

ao sentido oposto do corpo: deixa a merda vazar de si, sem precisar fazer força, se torna impróprio, inescrutável, nojento, não admite testemunhas nem olhares. Termina de cagar; satisfeito, dá a descarga, toma o banho. Quando acaba, abre a porta, sai: é feito de novo à imagem e semelhança daquele deus machista que criou primeiro o homem. Vagueia mais um pouco pelo quarto, enrolado na toalha, antes de se vestir. Vindo lá de fora, ouve qualquer coisa que sobe desde a avenida: caminhões, talvez tanques, ou simplesmente os ônibus coletivos voltando a circular. Ela se levanta da cama, enrolada no lençol. Roberto propõe Podíamos jantar no terraço do hotel, ela diz Sim, boceja, diz Deve ter uma vista bonita da cidade, lá em cima.

3.

Não sei quando foi, quando
é que deu tudo errado,

> *Marie disse, olhando para o copo*
> *e não para a mulher a sua frente,*
> *que não entendeu, perguntou*

> > Mas como assim.

Assim mesmo, desse jeito,
eu estou aqui, neste bar,
com você e não com ele.
Não dá para ser mais clara.
Deu errado, ele escapou, foi
embora. E não consigo saber
quando foi.

> > Não adiantaria nada também
> > saber isso que você quer, o
> > momento, quando foi que.

É: não adiantaria. Mas não
consigo evitar.

> > É assim mesmo.

Não, é claro que não: não
tem nada de É assim mesmo.
Você acabou de dizer que não
adiantava nada querer saber
quando foi,

> > Sim, mas não adianta mesmo.

43

que era besteira ficar me
perguntando,

Isso.

mas eu preciso saber: quando é que foi, exatamente, em
que momento aconteceu,
quando eu o perdi, quando
a mutação se deu e apare-
ceram asas onde antes ele
tinha um par de braços,

> *Marie disse e a mulher do ou*
> *tro lado da mesa, a amiga dela,*
> *achou graça, mas Marie não*
> *achou, não riu, continuou*

e ele foi embora, saiu voando
pela janela de algum daqueles hotéis.

> *Preciso ser sincero: não há como*
> *reproduzir a conversa delas, de*
> *Marie e sua interlocutora. Não*

Georges Perec, em 1978,
no romance *A vida modo*
de usar, propôs algo muito semelhante ao que fez o
Rauschenberg com o dese-
nho do Willem de Kooning,
eu me lembro ao entrar no
mercado, com a sacola da
livraria na mão, o livro
comprado para Ela dentro,
embrulhado para presente;
mas a ideia dele, do Perec,
era muito mais elaborada.

> *dá: para ser exato, ou confiável.*
> *Mesmo se tivesse presenciado*
> *seu jogo de tênis verbal, as pala-*
> *vras sacadas por Marie, rebati-*
> *das com forehands desajeitados*
> *pela outra e interceptadas já na*
> *rede com voleios cheios de ad-*
> *vérbios de negação; mesmo se*
> *tivesse sido convidado, ido com*
> *as duas até o bar, pedido uma*
> *vodca: mesmo assim, não teria*
> *como reproduzir, ainda que só*
> *literariamente, a conversa com*

o mínimo de fidedignidade.
Principalmente por isto: porque
me esqueço de tudo. Mas o que
vou escrevendo aqui é plausível,
a isso pelo menos me compro-
meto, a ser plausível. De modo
que a conversa pode muito bem
ter começado como começou,
como eu escrevi, e pode ter con-
tinuado assim, como segue, com
Marie dizendo, repetindo

Neotrogla.

Neo-o-quê.

Trogla. Ne, o, tro, gla.

Meu deus.

São insetos,

Ah, sim, só podia ser.

mas insetos muito pecu-
liares. Por isso Roberto ria.
Tinham acabado de ser des-
cobertos em umas cavernas
no interior de não sei onde.
São muito pequenos, não
chegam a meio centímetro.

Certo. Mas e então.

Então havia ele, o homem
ao meu lado, no auditório,
que não prestava atenção na
apresentação que estava sendo feita. Eu o achei mal-edu-
cado. Além de estar lendo
um artigo que, certamente,
não tinha relação alguma
com o tema da palestra,

Ora, era também sobre
insetos.

fora tratar justamente de
insetos; a questão era: além de
ler o artigo, ele ria.

Roberto,

*perguntou a amiga de Marie, que
podemos chamar de Natacha, ou
Cassandra, pois não faz diferença o nome; a amiga de Marie
perguntou e ela respondeu*

É claro, Roberto, de quem
mais eu estaria falando.

Mas, e então, o que você fez.

Olhei para ele, com a cara
mais feia do mundo, como se
pedisse, ou dissesse Se com-
porte como gente, por favor;
olhei para Roberto, mas ele
não pediu desculpas, nem se
importou com minha cara
feia, apenas disse Isso aqui é
genial, não falta mais nada
no mundo, depois dessa.

Como é que é.

Ele me passou o artigo. Não
aceitei; disse Obrigada, e
virei a cabeça de volta na
direção da palestrante.

*Um garçom passou pela mesa
das duas, deu alguns passos e
depois voltou, perguntou para*

Natacha, ou Cassandra, per-
guntou Trago outra cerveja, ela
respondeu

Sim, por favor, que a noite

hoje promete,

e Marie levantou as sobrance-
lhas, olhou para a amiga sem
entender o que, ou por que a
noite prometia alguma coisa.
Marie aproveitou o garçom e
pediu outra dose de whisky, que
tinha passado a preferir a qual-
quer outra bebida justamente
por causa de Roberto. Depois
continuou, disse

Então ele me contou.

Contou o quê.

Puta merda, onde você está
com a cabeça. Ele me contou
sobre o que era o artigo de
que estava rindo,

Ah, isso.

e que tinha me passado para
ler, mas que não aceitei.

E sobre o que era.

Sobre sexo. Sexo entre neotrogla. Ele disse Imagine só
o seguinte:

Hum.

nós saímos daqui, dessa palestra tediosa, e vamos para
o hotel, para meu quarto,

Porra. Ele é direto.

Ando pelo mercado para
pegar carne moída, frango,
uma ou duas garrafas de
vinho tinto, noz-moscada,
chocolate, e enquanto vou
percorrendo os corredores,
enquanto peço Com licen-
ça, tento vencer o excesso de
clientes, revejo Bartlebooth,
o personagem do Georges
Perec em *A vida modo de*
usar, à frente de um cavale-
te, diante do mar, pintando
uma aquarela e, mais uma
vez, sinto uma inveja mor-
tal.

tiramos as roupas e então:
meu pênis é como uma
vagina e sua vagina é como
um pau.

Mas o que é isso,
a amiga de Marie perguntou, ou
exclamou, depois disse

Obrigada,
quando o garçom pôs a garrafa
de cerveja na mesa, trocou o copo
vazio de Marie por outro onde
dois dedos de whisky, sem gelo,
fizeram seus olhos brilharem.

O sexo entre os neotrogla é
assim.

Trocado, invertido.

É. Por isso Roberto ria tanto. As fêmeas têm um pau
que enfiam nos machos, no
buraco que eles possuem,
como uma boceta, e de lá
elas coletam os esperma-
tozoides que vão, através
desse pau das fêmeas, até
um lugar onde elas deixam
a porra estocada, e daí a
coisa continua como de
praxe.

Incrível. Não, mais do que
isso, é estupendo. Mara-
vilhoso. Eu enfiava minha
boceta no cara, no pau dele,

que seria para dentro, na
verdade uma boceta, pois eu
é que teria o pau. Meu deus,
eu quero isso, quero trepar
assim, desse jeito.

Eu não. Não troco a sensação de Roberto me abrindo
ao meio com o pau dele, não
troco essa sensação por nada
no mundo.

Foi o que você disse a ele,
Natacha sugeriu rindo, ainda
maravilhada com a descoberta
do sexo entre os neotrogla.

É claro que não. Mas foi
inevitável: em dez minutos
de conversa com Roberto,
ainda que sobre insetos,
pois saímos dos neotrogla e
fomos para a área de pes-
quisa dele, a entomologia
forense,

Como é que é isso.

e não tem importância o que
é, ou como é isso, tanto faz,
porque em dez minutos de
conversa eu não conseguia
pensar em outra coisa além
de transar com ele.

Porra. O cara deve ser bom
mesmo,

Cassandra disse e Marie não
respondeu, apenas suspirou.

Depois da palestra, foram almoçar, Roberto e Marie; continuaram conversando sobre insetos, mas também sobre ele ser casado, ela também, sobre os filhos que tinham ou que não quiseram ter. E foram para o hotel, para o quarto dele, tiraram as roupas e estava tudo como deveria ser: Roberto tinha um pau que apontava para o teto, Marie tinha uma boceta úmida que pedia aquele pau que apontava para o teto dentro dela, até o fundo. E foi assim que aconteceu.

A amiga de Marie, que se chamava Natacha, ou Cassandra, ou que não tinha nome algum, ela ouviu a história e deu uma bofetada na cara de Marie. Marie bebeu um gole do whisky, não: terminou a dose, que ainda estava pela metade, terminou de uma vez só, e disse

O projeto do Bartlebooth, entre as tantas histórias do romance do Perec, se não me perco em algum dos detalhes, era mais ou menos assim: ele passaria dez anos aprendendo a pintar aquarelas, depois vinte anos viajando pelo mundo e pintando setecentas e cinquenta paisagens marítimas que, remetidas de volta a Paris, mais exatamente para a fictícia rua Simon-Crubellier, seriam transformadas em quebra-cabeças; esses setecentos e cinquenta quebra-cabeças seriam, em mais outros vinte anos, remontados um a um para, então, as aquarelas originais serem

Pois é.

A pergunta, a bofetada que Natacha tinha dado, que fez Marie dizer Pois é, a pergunta foi esta:

Mas o que aconteceu, então, o que é que deu errado entre vocês dois.

Pois é. Não sei. Transamos
naquela tarde, passei a noite
no quarto dele, transamos
no dia seguinte, cada um fez
a apresentação que lhe cabia
no congresso, transamos
mais e voltamos para nossas
cidades: ele para a esposa
dele, eu para o meu marido.

completamente apagadas
por meio de um processo
químico altamente eficaz.

Aquele cara ali, no canto,
parece que está a fim de
você,
Cassandra interrompeu, apon-
tando com o copo para o ho-
mem do outro lado do bar, sem
se preocupar em ser discreta, e
completou
Já faz mais de meia hora que
não para de olhar para cá.
A partir de então nós nos
inscrevemos, fomos a todos
os congressos, simpósios, reu-
niões, colóquios, encontros
de entomologia. Viajamos
pelo país inteiro. Só para que
pudéssemos nos encontrar.
Dá uma olhada para trás, vê
se ele agrada você. Eu gostei.
Se estivesse me olhando
desse jeito, já teria ido até lá
falar com o cara, ou aberto
um daqueles sorrisos que
dispensam a gente de dizer

o resto, ou de fazer mais
qualquer coisa.

Reservávamos um quarto de
hotel. Às vezes nos encon-
trávamos já no aeroporto,
cada um saído de seu voo. E
então nada mais importava:
o congresso, o simpósio, a
palestra,

Não, não precisa mais olhar;
ele desistiu, trocou você pela
morena da outra mesa, com
cara de vagabunda.

nada mais tinha impor-
tância. Roberto apresen-
tava as pesquisas dele, eu
participava de alguma
mesa-redonda, ou dava
uma palestra, e depois nós
transávamos, saíamos para
comer nos melhores restaurantes que conseguíamos
encontrar. Meu deus, nós
bebíamos muito: Roberto
sempre tinha uma garrafa
de whisky; começávamos a
beber logo depois do café
da manhã, às vezes antes.
Bebíamos muito, comía-
mos pouco e transávamos
razoavelmente.

Mas o que aconteceu, então,
o que é que deu errado,

ela perguntou de novo, a ami-
ga de Marie, insistiu, enquanto
fazia sinal para o garçom, para
que trouxesse outra cerveja.
Marie suspirou, disse
É justamente isso que não
sei, o que não consegui, não
consigo entender.

Mas.

Marcamos de ir a um ciclo
de palestras em uma univer-
sidade, reservamos o hotel,
compramos as passagens de
avião, ao menos eu comprei,
peguei o avião, fui.

Ele não apareceu.

É. Não apareceu. Telefonou
dizendo que teve um impre-
visto, que não poderia ir. Mas
telefonou quando eu já estava
lá, no quarto do hotel, vestida
para o receber, ou despida,
só esperando ele chegar. Não
apareceu, não foi,

E desde então.

e desde então nunca mais
pôde, nunca mais esteve
livre, nunca mais foi em
congresso, conferência,
simpósio, nunca mais foi em
merda nenhuma em que eu
estivesse também. Nem me
telefonou de novo.

                                                     Filho da puta.

Não. Nunca fizemos planos,
nem promessas. Não tínha-
mos nenhum juramento. Era
assim: nada nos ligava. Não
sei nem onde ele mora; sei
a cidade, claro, mas não sei
qual é o endereço. Ele tinha
o direito de, simplesmente,
algum dia, não querer mais.
Não me devia, não me deve
nada.

                                      Ainda acho que ele é um
                                      filho da puta.

                                      *Marie também achava, mas
                                      não dizia, nunca diria que
A exposição das setecentas e   Roberto era um filho da puta.*
cinquenta aquarelas apaga-
das, que nunca foi cogitada   Eu sabia que não era a
no livro do Perec, sempre   primeira vez que ele fazia
me pareceu que daria a mais   aquilo,
obscena e triste e enigmáti-
ca de todas as exposições já   O quê.
realizadas, de arte concei-
tual ou não.   que traía a mulher, que
                                  tinha um caso. Eu não era a
                                  primeira e não fui a última.
                                  Nós conversávamos sobre
                                  isso; eu não era ciumenta
                                  com ele, não podia ser. Ele
                                  me contava das outras mu-
                                  lheres, eu ouvia.

                                                    Mas que canalha.

                                  Teve uma que era médica,
                                  uma que ainda não tinha
                                  terminado o colégio,

Meu deus, deviam prender
o desgraçado.
teve a estagiária da univer-
sidade onde ele dava aula,
a mulher de um colega de
trabalho,

> *Marie contou, enumerou sem*
> *dor, parecendo antes sentir sau-*
> *dade, uma espécie de nostalgia*
> *que fazia um sorriso começar*
> *em seus lábios. Mas o sorriso*
> *não foi adiante, parou, voltou*
> *para trás quando ela concluiu*

Por último foi uma artista
plástica, eu descobri há pouco tempo.

Podemos pagar alguém para
dar uma surra nela.
É sempre a mesma merda.
Por que é que acreditamos
que somos especiais, que
com a gente vai ser diferente:
que vamos conseguir mudar
o cara,

> *Marie perguntou sem esperar*
> *resposta, como se falasse sozi-*
> *nha, e Natacha, ou Cassandra,*
> *achou que deveria responder,*
> *respondeu*

Nós somos desse jeito, é
assim mesmo. E o final é
sempre esse.

*Marie terminava a terceira dose
de whisky. Suas pálpebras estavam caídas, as palavras começavam a se misturar na boca,
grudentas. Natacha perguntou*

E você não tem mais nin-
guém à vista,

*Marie olhou para ela fingindo
ofensa, disse*

Não se esqueça que sou
casada,

*e Cassandra, ou Natacha, a
amiga de Marie retrucou*

Não vem com essa história
para cima de mim.

*Marie riu. Depois contou, se
lembrou subitamente, admira-
da, disse*

Vou jantar com Bernardo
na quinta-feira.

*Ela teve que explicar: quem era
Bernardo, teve que contar de
mais de dez anos atrás, de nós
dois ainda adolescentes. Depois
confessou que tinha aceitado
jantar em minha casa porque
não aguentava mais pensar em
Roberto. E ainda disse, talvez
fosse mentira, mas ela disse que
não, não queria nada comigo,
porém*

Nunca se sabe o que vai
acontecer.

Sim. Foi por isso que telefonei
para você, que falei para vir-
mos aqui beber alguma coisa.
Você não consegue imaginar
o que me aconteceu,

Cassandra disse, mas Marie
não ouviu, perguntou

Não acha melhor irmos
embora,

explicou

Estão dizendo que algo vai
acontecer, vai estourar de
novo. Ouvi comentários de
gente que entende dessas
coisas, dizem que não vai
demorar.

É apenas boato, não vai ser
nada, ao fim. Eu conto rápido, prometo, conto o que me
aconteceu e depois vamos
embora.

Não, desculpa, mas eu vou
agora. Não quero ficar na
rua depois das dez.

Mas.

Fica, se quiser, não tem problema. Termina sua cerveja.
Eu pego um táxi,

Marie falou, já se levantando
da mesa, procurando o caixa
onde pagar as três doses de
whisky. Ninguém tinha certeza
de nada naqueles dias; havia,

Não me lembro bem, mas tenho a impressão de que Bartlebooth morre no final do livro, deixando quebra-cabeças para serem ainda montados, aquarelas por apagar. Espero na fila do caixa, no mercado, para passar as compras, e penso que seria inusitado dizer, perguntar para a velha a minha frente, que leva verduras e papel higiênico em uma cesta, dizer a ela Com licença, perguntar A senhora se lembra se Bartlebooth morre no final; não há dúvidas: o mundo em que vivo não existe mais, ou mesmo nunca existiu.

sim, muitos boatos, muitas especulações, mas nada de concreto se sabia, que rumo o país tomaria e como isso seria feito, a que custo. Éramos todos ainda virgens, ingênuos, crédulos e esperançosos.

Natacha, ou Cassandra, se levantou também, foi atrás de Marie. Não faço ideia do que tinha para contar. Talvez estivesse grávida. Ou conseguira um emprego novo, pois naquela época, paradoxalmente, muitas oportunidades se abriram. Pode ser que tivesse se apaixonado por uma mulher, quem sabe se pela própria Marie.

Ela, Marie, não tinha outra amiga, apenas Cassandra, ou Natacha. Porque não gostava, nunca gostou: das mulheres, das conversas femininas, do tipo de amizade invejosa que sempre mantêm entre si; a relação das duas se devia mais à teimosia de Cassandra do que à boa vontade de Marie.

No caixa, pagaram, cada uma a sua parte, e depois foram embora. Marie ainda disse

Me desculpa por não ouvir você direito, mas você entende, não é.

                              Claro.
Vamos marcar alguma coisa
para amanhã,

                         Sim, vamos.
talvez um café, ou um chá,
algo mais cedo, à tarde.

                              Ótimo.
Telefono para você depois.
          *Marie nunca telefonou, não
          marcaram o encontro; ela e
          Natacha nunca mais se viram.
          Porque uma semana depois co-
          meçou o Novo Mundo.*

4.

você vai voltar, sempre volta, vai entrar por aquela porta, a mesma pela qual saiu, os demônios todos em seu corpo, morando em seu corpo, você saiu e não era você, estava aqui dentro e outra vez não era você, era outro, foi outro que saiu, o levou junto, embora, mas vai voltar, você vai entrar por aquela porta, vai me procurar pelo apartamento, já com o pressentimento de que aconteceu de novo, já sabendo, vai andar até aqui, até o quarto, e vai parar ao pé da cama, silencioso, os olhos arremessados sobre mim: os hematomas, olhará para cada um deles, olhará para os cortes em meu rosto e sentirá pena, seu grande coração vai vazar de ternura, você vai se desmantelar em cuidados sobre mim, principalmente vai se assustar, não acreditará, não, você não conseguirá entender, mais uma vez, não entenderá que foi você mesmo, que os hematomas em minha pele, nascendo por baixo dela, foi você quem os plantou, os cortes em meu rosto são herança de seus punhos, e talvez você chore, talvez diga que nunca mais vai acontecer de novo, dirá que me ama, pedirá desculpas, fará promessas, mas eu sei, mesmo que eu acredite,

Saio do mercado com duas sacolas penduradas em cada mão, mais a sacola com o presente, o livro do Benedetti que comprei para Ela, e vou caminhando de volta pela avenida de Outubro, de volta para casa. Não posso me esquecer das jabuticabas, eu penso, me lembro, mas não quero ir à banca de frutas carregado desse jeito, ainda que a banca fique na esquina, junto à Estação de Água, a alguns passos da entrada do prédio onde moro; então atravesso, passo pelas quadras de tênis, viro na rua do Tostes, dou alguns passos e, puta merda, lá está: eu o encontro. Como se fosse sem querer, um mero acaso, ele vem em minha direção, eu vou na direção dele, do Alvaro; é tudo tão rápido que não dá tempo: de desviar, de voltar, de atravessar para o lado oposto da rua, de fingir que não o vi, que não o vejo. Porque ele me viu, continuou vindo em minha direção e sorriu. Eu não sorrio. Quero apoiar as sacolas no chão, tomando o devido cuidado com as duas garrafas de carménère, e, sem dizer nada, sem explicar, fechar bem a mão e esticar o braço, com toda a força que conseguir, de encontro à cara dele, sim, eu quero: dar um soco em seu nariz, fazer seu sangue pingar pelo chão e depois continuar, não parar, dar outro soco, no estômago, ou de novo em sua cara de idiota, quebrar alguns dentes, derrubar seu corpo na calçada para então terminar a surra aos pontapés, sem medir mais onde acerto, se na cabeça, se na boca, nas costelas, ou no saco imprestável que tem no meio das pernas. Mas paro, seguro firme as sacolas pelas alças, como se fosse fazer delas uma arma, paro e digo apenas Boa tarde. Boa tarde, ele responde, diz Que coincidência, eu estava mesmo precisando falar com você, e sem pausa ele continua, pergunta Você mora por aqui, pergunta Quer ajuda com as sacolas, não me espera responder e nota o óbvio, diz Foi fazer umas comprinhas; sim, ele usa o diminutivo, diz Comprinhas, e eu minto, digo Não, não moro por aqui, mas também não explico para onde ia com as sacolas do mercado, para a casa de quem, porque qualquer pessoa que ande na rua com sacolas de mercado está indo para a casa de alguém, se não para sua própria casa. Pergunto O que precisava falar comigo. Ele não responde, mas comenta sobre o tempo, Parece que vai chover hoje, vira a cabeça para cima, em

que aceite as desculpas, que diga que também amo você, mesmo assim, eu sei, vai acontecer de novo, depois que cada corte tiver cicatrizado, que cada mancha roxa tiver ficado amarela e depois sumido, vai começar outra vez, você terá os demônios todos em seu corpo, reabrirá os cortes em meu rosto, semeará os hematomas pelos meus braços, pelas minhas pernas, um por um, e eles todos doerão do jeito que sempre doeram, a dor persiste depois que você vai embora, a dor fica, então vou me encolher de novo sobre esta cama, o feto adulto, abortado, sentindo o rosto inchar, com outra camiseta cagada de sangue, meu sangue; mas você voltará, sempre volta, e mais uma vez me procurará pelo apartamento, me encontrará no quarto, sobre esta cama, lançará quieto os olhos em cima de mim, em meus hematomas, meus cortes que são seus, lhe pertencem, você não reconhecerá, não acreditará que são seus, que foi você quem os forjou em meu corpo, e mesmo assim me pedirá desculpas, vai chorar, pronunciar devagar meu nome, dizer Mauricio, repetir Mauricio, como se meu nome fosse a solução, vai dizer que não sabia, que não quis, que não fará de novo, que nunca mais entregará os socos de sempre em meu rosto, sim, você vai jurar que não se repetirá o meu suplício, e eu: aceitarei de novo suas desculpas, outra vez serei como o palhaço do circo de quando eu era criança, triste e cômico, que faz rir e chorar, porque acreditarei em suas promessas, em seus pedidos de perdão, mas mesmo assim doerá, meu corpo todo doerá, eu sei porque me lembro, é assim que é, que foi, continuarei a sonhar com seus lábios, também com seus punhos fechados, duros, sonharei com seu rosto e com minha dor, misturados, e esperarei pelo próximo capítulo, sem ter para onde ir, continuarei aqui, estancado em minha cela, como se fosse livre, como se andasse por uma cidade onde todos morreram, eu tenho a cidade inteira para mim mas ao mesmo tempo não tenho nada, cidade nenhuma, é assim que eu sigo, que durmo e acordo, que sonho sempre de novo com você, com seus lábios, seus punhos, com isso que você chama de amor e com isso que eu sei que se chama medo, porque eu sinto, o medo, eu o sinto vivo, ele lateja em mim; mas você vai voltar, a qualquer momento, vai entrar por aquela porta, vai me procurar pelo apartamento, vai me encontrar aqui, em nosso quarto, e depois os hematomas em meu corpo irão do roxo ao amarelo, empalidecerão conforme as semanas passem, sumirão, os cortes também, vão cicatrizar, fechar, um a um, as marcas todas em meu corpo desaparecerão, os vizinhos se esquecerão dos seus gritos, do meu choro, e enquanto isso eu espero, espero por você, que os demônios voem de seu corpo e que volte, como uma criança, puro e carinhoso, volte para mim, porque não há mais nada além

direção ao céu, que está azul, e pede minha opinião, pergunta O que acha; não respondo, não sei o que acho, nem tenho certeza sobre o que ele pediu minha opinião, se sobre o clima ou o fim do mundo: fico calado, segurando com força as sacolas do mercado, a sacola da livraria. Tento, mas não consigo, tento imaginar o que teria para tratar comigo o Alvaro, o que temos em comum além do que dividimos. Então me angustio, porque, sim, só pode ser isso; meu coração se acelera, minhas mãos começam a suar e eu espero, respiro fundo e espero, sabendo que finalmente aconteceu. Mas ele se cala, não diz mais nada e fica me olhando, apenas, com sua cara de idiota; abre outro sorriso, sem significado algum: nem amizade, nem sarcasmo, nem cumplicidade, nem inteligência; ele sorri vazio, olhando para mim, e parece procurar as palavras com que vai começar a falar o que tem para me dizer. Me forço a suportar seu olhar, fico também em silêncio, não torno as coisas mais fáceis para ele; penso outra vez, como quando o conheci: que o Alvaro participa daquela classe de gente que nunca fará, nunca produzirá nada de significativo, nem importante, mas ainda assim vai gastar a vida inteira, vai tentar, vai se esforçar, e essa vai ser a história que terá para contar, antes de morrer, aos cento e cinquenta anos, a história de como foi honesto e de como tentou, como se esforçou, de todo o rancor que armazenou ano depois de ano e que o fez chegar tão longe, pois a amargura é um dos segredos da longevidade. É um enorme mistério como uma mulher pode ir para a cama com ele; se não por seu aspecto físico, então pelo tanto que está evidente, apenas de olhar para sua cara: que não consegue, não pode, não sabe e nunca saberá como satisfazer uma mulher, ainda que tente, sim, ainda que se esforce, se empenhe. E deve pedir desculpas depois de trepar, imagino, deve ficar emburrado, chateado, deve se sentar na cama e ficar tentando entender o que deu errado, por que não foi, mais uma vez, como a mulher esperava, por que não aconteceu como ele queria também. De novo não escapo, me pergunto, inconformado, sem conseguir aceitar, ou explicar para mim mesmo, me pergunto Como é que Ela foi fazer uma merda dessas. Puta que pariu, me revolto, como é que Ela pôde, como teve coragem de se casar com o Alvaro; olho para a cara dele, do idiota, tento encontrar alguma luz, alguma razão, qualquer motivo para que Ela esteja ainda com ele, mas não consigo achar. Ele tenta ser gentil, me propõe Posso acompanhar você, estendendo a mão em direção às sacolas do mercado, diz Me

de você, os deuses todos partiram, não precisei ler nenhum dos seus nietzsches para aprender, para descobrir isso, foram todos embora, estamos sozinhos, por nossa conta, jogados aqui, por isso seus punhos fechados contra meu rosto, seus socos, eu sonho com eles, com seus lábios também, mas principalmente com seus punhos, porque são tudo o que existe, são o mundo, são a verdade do universo inteiro, e ainda assim quero que você morra, que não volte, sim, eu quero que morra, que alguém o mate pois eu não poderia, não conseguiria matar você, que o telefone toque e uma voz desconhecida anuncie que você, o filho da puta, que você morreu, que não existe mais, que acabou, quero que morra, que me beije e morra, que chupe meu pau até o fim e depois morra junto comigo, que me coma pela última vez e morra, irremediavelmente, morra, para sempre, sem isso de ressurreição, sem vida após a morte, que você suma, vire pó, morra, e então vou meter em seu corpo morto, vou pegar todos os livros de sua estante, enfiar um por um pelo seu cu adentro, vou enfiar junto todas as suas malditas reproduções de quadros, o tal Freud de que você gosta tanto, vou enfiar as gordas que ele pintou em você, pela sua boca abaixo, aqueles paus moles e murchos e circuncidados, sim, eu, o palhaço do circo de quando eu era criança, vou conspurcar esse corpo que amo, o seu, eu, triste e cômico, vou cagar em cima de você depois que você morrer, vou mijar em seus cabelos que ainda crescerão, pois é o que dizem, os cabelos ainda crescem depois que se morre, vou peidar no seu rosto, as unhas também crescem, vou devolver em sua cara todos os socos, todos os chutes, depois de quebrar cada um dos seus discos de jazz, o Coltrane, o Mingus, o Ornette Coleman, até o Chet Baker que aprendi a suportar, talvez goste dele agora, vou quebrar tudo, e ainda assim vou sonhar com você, mesmo que você morra, e quero tanto que morra, sim, eu quero, mesmo assim vou sonhar com você, com seus lábios e com seus punhos fechados, duros, vou continuar sonhando; mas você voltará, eu sei, o telefone não tocará, não me dirão que você morreu, que está morto, que acabou, e eu espero, espero por você, em sua cama, nossa cama, encolhido, o feto que deu errado, eu espero, como o palhaço que nunca esqueci, espero, antecipo seus beijos, a ternura que você fará chover sobre mim, os cuidados com que acariciará meu corpo nos dias seguintes, enquanto os hematomas passam pelas sete cores do arco-íris até desaparecerem, enquanto os cortes se calam, se fecham, esquecem, eu espero você passar pela porta e dizer meu nome, porque volta, você voltará de novo, e nós dois sairemos às ruas, iremos às manifestações, você junto comigo e com todos, sairemos, você vai me pedir, vai querer que saiamos, que protestemos pela liberdade ao lado de todo mundo,

deixa carregar estas aqui. Eu deixo, sem querer, deixo ele me ajudar: pega uma sacola do mercado e também a sacola da livraria, com *A trégua*, do Benedetti, sim, ele carrega o presente que comprei para Ela, ajuda e carrega também uma das garrafas de vinho que abriremos amanhã. Me angustio mais, a situação piora, gradativamente, porém não encontro uma saída. E por isso ando, vou, a seu lado, seguindo pela rua do Tostes, passo o prédio onde moro, continuo, caminho sem saber onde e como isso tudo terminará. Fico quieto, insisto em não facilitar as coisas para o Alvaro; se ele quiser me contar alguma coisa, ou discutir, terá que começar sozinho, sem incentivos, sem empurrões, terá que encontrar as palavras, terá que formar as frases, comunicar o que tem a me dizer. Sim, nós dividimos a mesma mulher: Ela dorme todas as noites com ele, mas trepa comigo, nós temos nos encontrado faz alguns meses, começou de forma simples, como se não fosse nada, nós almoçamos uma tarde e depois fomos para meu apartamento, o prédio por onde acabamos de passar, Ela subiu comigo, nós ouvimos música, bebemos whisky e depois transamos; a partir de então não conseguimos mais parar. É essa história, me pergunto, é esse enredo que já conheço muito bem o que o Alvaro tem para me contar, como se fosse uma grande novidade. E se for isso mesmo, se ele descobriu, o que é que eu faço, qual é a etiqueta para situações como esta. Talvez o melhor seja agir com naturalidade, como se estar comendo a mulher dele há meses não fosse nada, como se ele não tivesse motivos para estar chateado, se é que está mesmo chateado. Ou então minto, digo que não, que ele está enganado: almocei, sim, com Ela, até mais de uma vez, mas nunca trepamos, Ela nunca subiu, nunca entrou em meu apartamento, não temos nada além de algumas questões profissionais. Não acontece coisa alguma, no entanto, o Alvaro continua em silêncio, carrega minhas sacolas e não pergunta, não diz. Fico mais nervoso a cada passo; estou à beira de confessar tudo sem que ele peça, de acabar logo com a encenação, com os encontros escondidos, com as mentiras. Mas não tenho coragem, ou melhor: entendo que o pedido de explicação deve partir dele, do Alvaro. Minhas mãos suam, o coração trabalha aos trancos, o estômago se contorce em um nó que precisará de muito whisky para se desatar. Mas quando acendo um cigarro, finalmente termina, ou começa: o Alvaro se põe a falar.

e você se sentirá muito justo para lutar pelos direitos humanos, pedirá, com a multidão, na frente do palácio do governo, aos gritos, pedirá que soltem os presos políticos, que se respeite a integridade do ser humano, eu estarei a seu lado, com os hematomas congelados, os cortes estancados, e pedirei junto pela integridade do ser humano, pelo fim da repressão, gritarei palavras de ordem, protestaremos todos juntos, a multidão inteira, ainda que depois você volte, os demônios em você voltem, os demônios que são você mesmo, nada além de você, do que você é, do que tem aí dentro, debaixo da pele, ainda que você volte e me machuque outra vez, os vizinhos ouçam de novo a sinfonia dos seus gritos, a risada do meu choro, nós vamos lutar pelos direitos humanos, juntos, porque você volta, sempre volta, exigiremos justiça, julgamentos imparciais, você volta, eu sonho com você, eu, o palhaço das garrafas vazias, sonho com você, com seus lábios, você volta, seus punhos fechados, você volta e me procura pelo apartamento e eu estou aqui, cansado, já terminei de chorar, estou aqui, estendido sobre a cama, onde mais estaria, estou aqui, mudo, não sei para onde ir, estou aqui, esperando por você, que volte, puro e inocente, porque você vai voltar

5.

Para. O telefone toca. Não toca: vibra. Em silêncio, o aparelho estremece, chama de dentro do bolso da calça arreada, o botão aberto, o zíper aberto, o cinto aberto, a calça da cor de vinho tinto, daqueles avinagrados, uniforme da Livraria que Ramon não tirou, apenas arreou junto com a cueca, deixou ficar entalada nos tornozelos porque não quis descalçar os sapatos.

Ele sente, como se ouvisse: a vibração difusa, quase imperceptível, Ramon a sente, vinda do chão, o telefone pedindo atenção a seus pés. E pensa, diz para si mesmo Só pode ser Bernadete. São onze horas da noite, o expediente na Livraria acabou às dez, ele prometeu que chegaria à meia-noite, mas ela sabe: Ramon não estará em casa antes da uma; é sempre assim nos dias em que ela folga no trabalho, ele aproveita que a Criança não fica sozinha para sair com o pessoal da Livraria. O telefone continua, chama, treme como um mendigo batendo os dentes em uma das porcarias do Dickens, se faz inconveniente; e ele tem certeza, eu também tenho: é ela, Bernadete, é ela quem está ligando, chamando, insistindo, é ela quem faz Ramon parar.

Porque ele para. Mas não desocupa a mulher. Segura com ambas as mãos seus quadris, se mantém enfiado dentro dela, atarraxado no fundo de sua boceta; não consegue se decidir: se sai ou se volta

Depois do almoço, de irmos até a farmácia comprar sabonetes, subirmos a meu apartamento, ouvirmos música, bebermos whisky e transarmos pela primeira vez, depois Ela me avisou, disse Eu sou silenciosa. Eu tinha percebido, é claro, mas pensei que o silêncio tivesse relação com outra frase, dita antes, enquanto tirávamos as roupas, Eu sou tímida, Ela anunciou com o sorriso no rosto típico dos mentirosos. Mas não, não era por causa da timidez, Ela explicou, o silêncio serve para não atrapalhar o prazer; Se eu gemesse, ou gritasse, perderia o foco no que estou sentindo, disse, contou É como fechar os olhos: todo mundo fecha os olhos quando goza.

a meter mais. Ela continua de quatro. Não se deu conta de que Ramon parou: persiste, geme como se ele ainda a comesse, pede para ir mais rápido, com mais força, diz Que delícia, diz Seu pau é gostoso demais. Ela mente e Ramon não se importa, eu também não me importarei quando for minha vez, sei que é seu trabalho, que, no fim das contas, trepar profissionalmente pode ser tão aborrecido quanto vender livros na Livraria, de pé, o dia inteiro, de segunda a sábado e às vezes aos domingos.

O telefone não desiste; para, mas depois volta a tocar, insiste, Bernadete vibra inconveniente no bolso da calça, junto ao chão. Ramon pensa, começa a ficar preocupado, pensa É possível que tenha acontecido alguma coisa com a Criança. Mas, desde que nasceu, não param de acontecer coisas com a Criança; essa é a verdade, eu sei, Ramon sabe, todos sabem. Bernadete a pariu, normalmente, e nada fazia imaginar qualquer complicação; no entanto ela ficou ainda, a Criança, dois meses e meio internada no hospital, antes de ir para casa. E então era isso, foi isso, vem sendo isso, assim, desse jeito. Sempre uma preocupação. Porque, desde que nasceu, a Criança nunca foi saudável. Toda semana tem alguma coisa, lhe acontece algum novo problema, ou um problema antigo se desdobra em dois. É por causa da Síndrome de Nome Estranho, é isso que os médicos disseram a Ramon, dizem ainda, como se dar nome às coisas resolvesse, curasse a Criança de sua doença. Mas parece que não tem cura.

Não sei por que aceitei a sugestão dele, de Ramon, por que vim quando me convidou. Não precisava dividir a puta, ela não cobra tão caro, as trepadas vão inflacionar apenas depois do advento do Novo Mundo, e, na quinta-feira, vou jantar com Marie, talvez alguma coisa finalmente aconteça. Mas agora é tarde: aqui estou eu, no canto do quarto, discreto como tinha prometido, esperando Ramon se decidir se continua a meter ou não, ele e seus cabelos como os do Bolaño, seus olhos como os do Sartre, um mandando o outro à merda, me interrogando, me perguntando E agora. Não respondo, continuo imóvel, feito um abajur sem lâmpada, apagado; Devia ter comido a puta sozinho, penso.

Mas meu arrependimento não resolve coisa alguma. Sem fazer mais nada pelo que pagamos, Ramon se mantém engatado à mulher. Poderia sair de dentro dela, é claro, ir ao banheiro, com a desculpa de uma mijada inesperada, e atender o telefone discretamente, sem que soubéssemos, dizer Alô, perguntar O que aconteceu, descobrir de Bernadete se está tudo bem com a Criança. Mas não foi, não vai; quando voltasse, ele sabe, eu já estaria comendo a puta em seu lugar. Sim, se ele sai, vou para cima dela, ou ela vem para cima de mim, assim que a porta do banheiro se fechar; e ainda, se demorar demais ao telefone: voltará e a mulher já estará melada de porra, os peitos grudentos da minha gozada.

Ramon me convidou a dividir, ele quer que isso continue bem claro para mim, mas não a revezar a puta. Tem consciência de que pela boceta dela já entraram mais homens do que ele conheceu na vida, para quem disse Bom dia, ou Boa tarde,

Tentei também, uma vez, experimentei, fiz sexo sem abrir a boca, sem soltar um Ai, gozei com os olhos e a boca lacrados; pode ser que sim, que Ela tenha razão. De qualquer forma, a partir daquele dia, do primeiro dia e da primeira vez, me impus a tarefa: fazer com que Ela desse, soltasse algum gemido, qualquer que fosse, ou, mais ainda, que perdesse o controle e gritasse, enchesse o quarto de sons.

Andando com o Alvaro pela rua do Tostes não penso em nada disso, não me lembro do silêncio dela, ou de sua timidez duvidosa; nem sequer me pergunto se Ela é silenciosa quando trepa com ele também, provavelmente é, por que não seria, mas eu não me pergunto, não penso em nada disso; apenas caminho. Ando a seu lado, como se me dirigisse a um enterro, ou a um hospital onde esperasse encontrar alguém em estado grave. Aproveito que ele carrega uma das sacolas do mercado, mais a sacola com o presente dela, para acender um cigarro; não ofereço, o Alvaro não fuma, mas ainda que fumasse não ofereceria; o cigarro me deixa mais calmo; e é justo quando o acendo, quando dou a primeira tragada, que ele começa a falar.

Boa noite, apertou a mão e perguntou Como está. Centenas, milhares talvez; paus de todas as cores e tamanhos. No entanto, enquanto ele mete, não há mais ninguém, é apenas ele e seu pau, ela e sua boceta. Por isso, antes de estarmos nós três aqui, neste quarto fedorento, com as paredes aquareladas de bolor, ele tinha me avisado, disse Não quero nenhuma veadagem, nada de ficar metendo junto comigo, ou com o pau de fora perto de mim. Eu concordei, disse É claro, repeti Nada de veadagem, e ainda permiti, muito cavalheirescamente, que ele fosse o primeiro a ir na puta. E agora está lá, Ramon, entalado: não vaga a boceta nem fode, não passa adiante a mulher para mim.

A Síndrome de Nome Estranho, que não consigo guardar na cabeça como se chama de verdade, tem como principais sintomas:

– tornar a ossatura da Criança frágil;
– retardar seu desenvolvimento;
– causar dores que os remédios apenas amenizam, e que provocam choros agudos, enlouquecedores, noite adentro;
– falta de apetite;
– déficit intelectual;
– má-formação dos membros inferiores. Et cætera.

Não tenho dificuldade com nomes estrangeiros. Consigo guardar Fiódor Dostoievski, Trygve Gulbranssen, Knut Hamsun, Haruki Murakami: sei a pronúncia e a escrita do nome desses e de uma tonelada de outros escritores: já fui eu quem catalogava cada livro que chegava na Livraria, cada lançamento, cada nova edição; mas, não, a Síndrome de Nome Estranho, com consoantes triplas e ainda um hífen ligando um palavrão ao outro, é impossível de reter, repetir, escrever, pronunciar. E é bom que seja assim mesmo.

A SNE acabou com algumas dúzias dos sonhos deles, de Ramon e de Bernadete. Ainda no hospital, assim que ela se recuperou de ter parido, o médico foi categórico e pôs um ponto final em suas esperanças normais, em tudo que tinham planejado. A Criança não andaria de bicicleta, não ganharia o Nobel, nem sequer aprenderia a comer com garfo e faca, e não diria Mamãe, não diria Papai, não cuidaria deles quando estivessem velhos, não se casaria, não lhes daria netos. Depois vieram mais médicos, e fisioterapeutas, especialistas, consultas, exames, hospitais, clínicas, laboratórios. Cada novo médico, novo especialista, novo exame, nova consulta, novo laboratório só confirmava o primeiro diagnóstico: a Síndrome de Nome Estranho, que eles não queriam aceitar. Bernadete chorou, Ramon tomou porres sucessivos. Porque estavam fodidos para o resto da vida.

É claro, então: o telefone que não para de chamar, que continua vibrando no bolso da calça de Ramon, trará a voz de Bernadete, talvez chorosa, ou já no estágio posterior: raivosa com pitadas de ressentimento. Estou no hospital, tiveram que internar a Criança de novo, talvez ela diga quando Ramon atender, ou simplesmente Traga mais uma caixa de analgésicos. E ele hesita, não se decide,

Bernardo não se importa, não se importou por não saber o nome da doença da criança: mesmo quando passou a vida a limpo para a ficção, quando fez de Ramon e Bernadete personagens de *Porca*, achou desnecessário pesquisar, descobrir, citar o nome da síndrome. Se dramaticamente, em termos literários, o nome da doença é mesmo dispensável, me pergunto se o descaso de Bernardo, na vida prática, real, no dia a dia, se seu descaso trai, se fere, anula a ideia de amizade. Mas a resposta talvez seja que não há, nunca houve amizade alguma entre Bernardo e Ramon: ele não representa nada para Bernardo; seus problemas, por mais escabrosos que sejam, também não.

continua parafusado à mulher de quatro, não atende o telefone, não fala com Bernadete: não quer voltar para casa com o orgasmo entalado embaixo do umbigo, a irritação de praxe duplicada, não quer se deitar na cama, ouvir Bernadete reclamar de alguma coisa ou de tudo, se levantar assim que ela dormir e, apressado, bater uma punheta no banheiro, sem se importar que a porra transgrida os limites da privada.

A Criança, que já estragou o casamento, a mulher, as finanças, os planos da vida inteira, agora ameaça arruinar a foda com a puta paga pela metade, mas ainda assim paga com dificuldade. E é possível que Ramon a ame, apesar de tudo. A Criança e sua Síndrome de Nome Estranho, também Bernadete: talvez ele realmente as ame. Não importa se o casamento se esfarelou como pão velho, se não trepam mais, se tudo o que têm pela frente, o resto de suas vidas, é um pântano imenso de bosta morna, que percorrerão palmo a palmo e, ao fim, não terão chegado a lugar algum. É bem possível: que Ramon as ame.

Porque ele finalmente se decide. Acabou, vai sair de dentro da puta, vai largar seus quadris, desocupar a boceta, que eu faça bom proveito, esporre o quanto quiser depois em cima da mulher; ele não se importa mais. O telefone, no bolso da calça, aos pés de Ramon, continua chamando, vibra, pede Atenda, mendiga Por favor. Ele não resiste, não aguenta, É alguma coisa importante, pensa. Dá um suspiro infeliz. Mas eu digo, vejo Ramon no movimento de ir embora, em câmera lenta, saindo devagar dos fundos da mulher, eu

Quando acendo o cigarro, o Alvaro interrompe o silêncio e diz, fala, pergunta, sem olhar para mim, caminhando a meu lado, carregando minhas sacolas, ele pergunta Posso ser direto, diz Preciso pedir uma coisa o vejo e digo, pergunto O que é que aconteceu, cara. E é assim que termina a história, que este capítulo termina.

O que é que aconteceu, cara, pergunto para Ramon, do canto do quarto. Eu, que até então estive quieto, apenas com a mão direita extraviada dentro da calça, sentado em uma cadeira de plástico preteritamente branca, eu consigo fazer tudo ir à merda. Não aguentou a boceta dela e já gozou, pergunto, debochado. A puta ri, ainda de quatro sobre a cama, olha para trás, para Ramon, e ri. Eu invento uma gargalhada falsificada. Ela empina a bunda, força o pau de Ramon a se meter de novo até o fundo, se dirige a mim, diz Não, meu filho, acho que não gozou, não: está duro que só ele. Ela ri mais, eu já não rio, mas incentivo, digo para Ramon Vamos lá, cara, aproveita.

A história terminou assim. Foi tudo à merda, irremediavelmente. Ramon desistiu de atender o telefone. Voltou a comer a puta. Esqueceu a Criança. Meteu com força, como se quisesse fazer o pau sair pela boca da mulher. Esqueceu Bernadete. A puta não parou mais de rir. Eu não me segurei, apesar do que tinha prometido: coloquei o pau para fora da calça. Continuei incentivando, disse Vamos lá, cara, disse Fode logo essa puta. E ele fodeu. Enfiou cada vez com mais força. Rasga ela ao meio, eu disse. Ramon tentou, de verdade. E foi estranho, ele me contou depois, foi muito estranho; enquanto a puta ria, ele metia e ela não parava de gargalhar, a boceta apertava o pau dele, como se fosse sua mão: apertava e soltava, apertava e soltava, apertava e soltava.

a você, e não dá chance para que eu responda, ou peça para ele acabar logo com aquilo tudo, para cuspir de uma vez só, na minha cara, o que tem a dizer, pois ele emenda, fala Já faz tempo que estou pensando, procurando o jeito certo de pedir, e continua, filosofa Mas a verdade é que não há muitas formas de fazer isso, pergunta Não é mesmo. Respondo Sim, concordo Sim, digo Certamente; e penso Vamos, filho da puta, caga logo essa merda toda.

Faço um gesto indicando que precisamos virar à esquerda; se continuássemos em frente, pela rua do Tostes, acabaríamos no centro da cidade. Entramos na rua da Mostarda. Seguimos. E o Alvaro acaba com os preâmbulos, passa adiante e me pede o que queria, enquanto eu acendo outro cigarro.

6.

Vampiro é coisa de veado, Roberto disse. É claro que depois se arrependeu: ela o olhou com uma cara que, na melhor das hipóteses, queria dizer que ele tinha estragado a noite inteira e que não, não havia mais possibilidade alguma de.

Então ele riu. Riu como se fosse brincadeira, como se não tivesse falado sério. Mas era tarde demais. Ela disse, perguntou Você acha que Vlad, O Empalador, era veado. E depois continuou Você não ia gostar de cair nas mãos dele, acredite em mim.

Roberto se lembrou de uma gravura do Goya, que tinha visto com Marcela em Buenos Aires, no Museu de Belas Artes. Um homem trepado no galho de uma árvore, literalmente: a árvore entrava por baixo e saía por cima, por uma boca aberta sob olhos arregalados. É isso o que significa empalar. Ao pé da gravura, Goya escreveu Há coisas muito piores, se referindo ao desenho, mas não exatamente à qualidade artística dele. O espanhol e ela tinham razão: a coisa devia ser desagradável.

Mas o que os vampiros têm a ver com isso, com o tal Vlad empalador, Roberto perguntou. Ela respondeu didaticamente; explicou, enfileirou detalhes, fez citações. Ele olhou para o rosto dela, fingiu que estava interessado. Mas não se lembra mais do que disse em seguida, do que retrucou; e

Eu soube, o Alvaro diz, continua Sim, me disseram, e não importa quem foi que falou. Chegamos ao parque do Moinho; aponto um banco, proponho sem palavras que nos sentemos. Ele continua, retoma Fiquei sabendo, diz de novo Não importa quem foi que falou; dou uma longa tragada no cigarro, solto a fumaça pelas narinas, em cima de nós dois. Bem, é melhor eu ser direto, ele resolve, fala de uma vez só Queria fazer uma entrevista com Otavio Könnig, o diretor de cinema.

Aqui está, outro exemplo do desleixo narrativo tipicamente bernardiano, que apontei páginas atrás, quando da recusa de pesquisar e dar nome à doença da criança de Ramon e Bernadete: Roberto não se lembra do que respondeu porque Bernardo não sabe o que escrever, nem quer inventar, e a desculpa segue o mesmo argumento usado para justificar a indefinição no nome da amiga de Marie, às vezes chamada de Natacha, às vezes de Cassandra: que não faz diferença alguma para a história.

Me falaram que você é um grande amigo do Otavio Könnig, o Alvaro justifica, parece ainda procurar as palavras, Me disseram que vocês dois se conhecem há muito tempo, ele continua, força a conclusão Se há al-

não se lembra mais do que disse porque eu não sei o que escrever aqui, porque não quero inventar, mas principalmente: porque é irrelevante para a história. De modo que Roberto disse alguma coisa, retrucou o que quer que seja, e depois concluiu Poxa, exclamou Poxa, e apenas isso.

Ela falou mais, se empolgou, contou sobre o Império Otomano, sobre a Romênia, o cristianismo e o islamismo, sobre um escritor irlandês e sua obra mais famosa, e concluiu dizendo que. Isso também não importa. Roberto olhava para os lábios dela enquanto ela falava, olhava para o peito, que arfava, ou ofegava, ou tinha um decote de uma doçura nada açucarada. Suspirou; pensou que talvez houvesse ainda a possibilidade de.

Não é tão simples assim, ela advertiu. O quê, Roberto perguntou, ela respondeu Querer associar os vampiros a alguma veadagem. Claro. Foi apenas uma colocação canhestra, a minha, ele disse, mas logicamente não com essas palavras. Se desculpou. Ela sorriu. Ele sorriu. Ela perguntou, ou apenas disse, afirmou Vamos ao cinema, então, assistir ao filme.

Os maiores erros da vida dele, de Roberto, foram por querer mais coisas do que deveria. Era como uma gulodice, mas sem o envolvimento de gêneros alimentícios. Fazia tempo que apenas uma mulher não bastava, por exemplo. E ele sofria todas as consequências disso, as boas e as más. Estava cansado.

Ao menos não dormiu no cinema. É claro que o filme era ruim. Não por conta dos vampiros, mas do enredo: fraco e previsível. As atuações não o convenceram. Cabe, em defesa do diretor, do roteirista e dos atores, mencionar que a idade dele, de Roberto, era o dobro da idade média dos espectadores presentes à exibição; o público-alvo do filme não incluía sua faixa etária.

No bar, depois do cinema, ela disse Está vendo, não foi tão ruim. Sorria e falava sobre o filme, sem parar, prendia o cabelo no alto da cabeça, ele caía, ela o tornava a prender, ritualisticamente; apontou sutilezas que Roberto não repararia mesmo se assistisse ao filme mais meia dúzia de vezes. Ele concordou, disse Não, não foi tão ruim, ela falou Foi o que eu disse. Mas a concordância era falsa, naturalmente, e não se devia às duas doses de whisky que tinha tomado, ou a uma tática para acabar logo com o assunto; Roberto tinha voltado a pensar que ainda havia, naquela noite, alguma possibilidade de.

Você tem que parar com isso, ela disse, sugeriu; depois explicou Precisa parar de ser tão preconceituoso. Nesse ponto ela acertava, neste: Roberto era preconceituoso. Talvez ainda seja. E não apenas em relação a filmes adolescentes em que os protagonistas têm os caninos avantajados. Evitou durante anos o bucho com batatas que a mãe de Marcela preparava, achando que algo que fedia tanto não tinha como ser saboroso; bastou experimentar uma vez para perceber que estava errado. E foi assim também com as aulas de tango. Mas quando ela disse Gosto que você fique dentro de mim depois de gozar, nada disso importava mais.

Do bar tinham ido ao motel de sempre, depois de ela dizer, também como de costume, que Roberto seria preso caso fossem pegos trepando, porque ela ainda não tinha feito dezoito anos. Sem desviar do hábito, ele riu da piada séria, ela riu, os dois tiraram as roupas, seu corpo morou no

guém no mundo que pode convencer o cara a dar uma entrevista, essa pessoa é você.

Porra, é o que eu digo, como se tossisse, ou engasgasse; olho para a cara de idiota do Alvaro, abro um sorriso, aliviado, sim, eu sorrio, olho para ele e digo Porra, com um ponto de exclamação no final.

Por algum motivo obscuro, minha resposta Porra, com um ponto de exclamação, anima o Alvaro, que me devolve o sorriso e se põe a repetir tudo outra vez: ele diz Preciso fazer uma entrevista com o Otavio Könnig, explica É muito importante, argumenta de novo, mas com mais convicção, ele diz Eu sei, não adianta negar: você é amigo dele, o melhor amigo, e decreta É a única pessoa que pode conseguir isso para mim.

Jogo fora o cigarro, ainda pela metade; não preciso mais dele, o coração voltou às batidas de sempre, lentas e espaçadas, o estômago se distendeu e se pôs de novo a digerir, feliz, a quiche lorraine do bistrô.

dela e depois morreram. Dividiram um cigarro proibido, debruçados na janela. Olharam seus corpos refletidos no espelho ao lado da cama, embaçados pela fumaça. Era triste como a nudez dela, e de qualquer mulher, sempre perdia, perde um pouco do sentido depois de um orgasmo. Roberto não lhe disse isso, eu também não diria. Quieto, ruminava que a noite não tinha acabado, que ainda havia a possibilidade de.

Preciso ir para casa, ela disse de repente, saiu da janela e correu para o banheiro. Roberto não entendeu. Acendeu outro cigarro. Pensou que ela ia tomar um banho. Mas não, voltou do banheiro em seguida, sem ter ligado o chuveiro, Amanhã tenho prova do Glauco, ela disse, explicou Glauco é o professor de geografia, e se justificou Prometi que hoje chegaria cedo, repetiu Preciso ir para casa. Não pode estar falando sério, ele resmungou, se afastou da janela: começou a se vestir.

Foram até a casa dela em silêncio. Não havia mais possibilidade alguma de, ainda naquela noite, Roberto dizer a ela. Não tinha mais tempo nem coragem. Dirigiu quieto pela cidade acalmada pela escuridão, sem lhe contar que os dois não podiam dar certo. Parou o carro na esquina, não na porta do prédio onde ela morava, e não disse que eles não tinham chance alguma juntos.

Ela o beijou, fechando os olhos, e Roberto também a beijou, mas não falou que ela ainda estava no colégio, que iria depois para a faculdade, que ele não queria passar por tudo isso de novo. Obrigada, ela disse, completou Por ter me levado ao cinema. Roberto sorriu triste, disse Foi bom, mas não disse que era casado, que tinha uma filha quase da idade dela e que não pensava em se divorciar. Não foi naquele dia, naquela noite, que os olhos dela se alagaram, que seu rosto perdeu o branco e foi tomado por espasmos de vermelho.

Ligo para você amanhã. Parece que foi Roberto quem disse isso, Ligo para você amanhã. Ela saiu do carro, subiu até o apartamento, beijou o pai, não beijou a mãe; foi para o quarto, estudou, dormiu, fez a prova do Glauco, de geografia, no dia seguinte. Roberto ficou meditando sobre qual seria o problema, o que haveria de diferente desta vez, com ela; se perguntava quando conseguiria, quando acertaria o jeito de.

Não seja bobo, ela disse depois que Roberto criou coragem e pegou o telefone, digitou nele o número dela. Eu sou a mulher da sua vida, avisou. E riu. Tudo que ele conseguiu responder foi A que horas passo aí, para pegar você. Às sete e meia já estou pronta, ela disse.

Agora, que sei que o motivo dele, do Alvaro, querer falar comigo não é por causa dos encontros, do que se instalou entre mim e Ela, olho para ele e quero o mandar à merda, me vem de novo a vontade de o surrar. Mas não, fico quieto; me divirto em silêncio: deixo que peça outra vez, que me explique de novo, se repita indefinidamente, que suplique para que eu consiga a entrevista com Otavio Könnig, o diretor de cinema.

7.

Me desculpa por ter dormido, ele disse. Não: ele não era eu, infelizmente, nem era Roberto. Eu também dormi, Marie respondeu, disse Não se preocupe. Ele não acreditava: que dormir depois de foder era uma das provas de que a foda tinha sido boa, talvez a prova mais consistente, sem distinção de sexo ou idade. Então se trepava e depois acabava tombando, dormindo, quando acordava se sentia culpado, pedia desculpa, achava que precisava começar tudo de novo para se redimir; começar tudo de novo, no entanto, foder outra vez só levava à possibilidade de um novo tombo, de uma nova dormida, e o ciclo seria infinito se uma hora seu pau não entrasse em colapso pela fadiga e se recusasse a ficar duro, de pé. [*]

---

[*] Tinha subido junto com Marie até o quarto, passado pela recepção do hotel sem se apresentar, ao contrário do que exigia o regulamento, que proibia a permanência nos quartos de quem não fosse hóspede, solicitava que se providenciasse o registro, o pagamento da diferença da diária, com ou sem café da manhã, regulamento que eles vinham ignorando desde o dia anterior, quando ele também subira ao quarto dela, treparam duas vezes, gastaram o resto da noite dividindo a cama que, convenientemente, era de casal, e de novo tinha subido junto com Marie, ele, o engenheiro que trabalhava como chef de cozinha, para quem ela dissera, com a desculpa da embriaguez a ser acrescentada posteriormente, ela dissera Fico me perguntando se você come tão bem quanto cozinha, um trocadilho muito ruim mas que havia servido e, assim que o bistrô encerrara as atividades, os dois seguiram para o hotel, passaram a recepção et cætera, e de novo agora eles tinham subido juntos, se beijado até que Marie tirasse a roupa, a calça preta, a camisa com cor de mar tempestuoso, de um tecido vaporoso, o soutien preto,

Ele se desculpou por ter dormido, mas depois apontou, perguntou Que livro é esse, em vez de começar tudo de novo. Marie respondeu Não é nada, virou a capa contra o peito, para que ele não lesse o título. Mas ele insistiu, não porque gostasse de livros, apenas porque ela dissera Não é nada; pediu Me deixa ver, perguntou de novo Que livro é esse. Ela respondeu Flaubert, mas não emprestou o livro, não mostrou. Ele balbuciou Ah. Largou a interjeição no ar, disse Ah, ela concordou, anuiu Sim, e ele finalizou, repetiu o que tinha ouvido, disse Flaubert, imitando o sotaque dela.

Imitou o sotaque dela, mas Marie não riu, também não reabriu o livro e voltou a ler; ele não sabia que imitar seu jeito de falar era um dos erros mais graves que podia cometer. O sotaque dela era indefinível: sotaque de alguém que nasceu em Cracóvia, foi alfabetizado em francês e, aos quinze anos, se mudou para o Brasil. Mas, ainda que sem definição possível, ele conseguiu, caiu em tentação, não se conteve e imitou, disse Flaubert abrindo demais a boca, coçando fundo a garganta com o erre. Ela não achou graça. Lê um parágrafo

Otavio Könnig é um diretor de cinema da nova geração, com sobrenome estrangeiro, mas brasileiro o suficiente para ser nacionalista, o que para mim é um anacronismo grave, mas

---

a calcinha também preta, muito parecida à que ele achara grande demais na noite anterior, se beijaram até que ela tirasse a roupa toda e ele não, apenas ficasse olhando, esperando, e Marie entendesse, desnudasse o homem também, que pediu Me chupa, não fechou os olhos quando a boca de Marie encerrou seu pau, chupou, ele, muito orgulhoso do pau que tinha, que se levantava em direção ao teto sem

meias medidas, detalhe que Marie, é claro, achava natural ainda que muito importante, ela o chupou mas depois parou, se deitou na cama, ajeitou a cabeça no travesseiro e foi sua vez de esperar, esperou, e ele a virou com a barriga para baixo, ela se deixou virar, afastou ligeiramente as pernas, ele apalpou sua bunda, abriu as nádegas para desvendar o cu inerte, tímido, fechado, o cu de Marie envergonhado aos olhos dele, o cu que recebeu para mim, ele pediu, ela se recusou. Então me deixa ver o livro, ele barganhou, recalcitrante, mas foi também em vão: Marie continuou abraçada ao Flaubert, o manteve deitado no peito, por cima do lençol.

Ele não insistiu mais; se virou para o outro lado da cama, deu as costas a ela. O corpo ficou exposto para fora do lençol: a bunda, os ombros, as pernas, tudo branco demais. Não disse mais uma palavra. Marie sabia que o silêncio era um risco, também aquelas costas voltadas para ela, os olhos que não mais a viam; por isso disse, como quem revela grande coisa, disse É em francês.

Funcionou. O homem se interessou de novo, se virou de volta para ela, iniciou outra rodada de pedidos. Quis de novo e mais insistentemente que ela lesse, precisou de novo e com mais vontade ter o livro nas mãos, passar os olhos pelas folhas que agora sabia: estavam repletas, todas elas, preenchidas com estrangeirices, a maioria desconhecidas para ele. Mas Marie teimava, se recusou, se negou a ler ou a emprestar o livro; disse Não, repetiu Não, e ficou satisfeita.

que fez muitos críticos dizerem Oh. Seu penúltimo filme, *Intervalo*, foi premiado demais e ele, o diretor, foi acometido por um distúrbio de personalidade típico: se confundiu com alguma estrela do céu hollywoodiano e decretou que não daria mais entrevistas, que não apareceria mais em público, mesmo nos festivais de cinema: suas únicas aparições seriam nas estreias de seus filmes, o que, por mais idiota que pareça, foi um excelente golpe de marketing.

---

uma copiosa cusparada, foi assim preparado, o que ela tentou evitar, sim, que seu cu fosse tornado propício para, ela quis se virar, ela a impediu, ela disse Não, por favor, ele fez que não ouviu, ela explicou, disse Não gosto assim, disse Acaba me machucando, ele não ouviu, espalhou com o dedo a saliva, forçou o começo do caminho, a entrada, ainda só com o dedo, depois se pôs contra ela e Marie protestou com mais

veemência, disse Não, pediu Espera, mas o homem, com o corpo de Marie preso sob o seu, não ouviu, enfiou, forçou o pau contra o cu dela, ela repetiu Não, repetiu Espera, mas o pau dele avançou convicto os primeiros centímetros, que são os mais importantes, enquanto ela dizia Não, dizia Espera, e os pedidos seguintes, o próximo Não, o próximo Espera, o próximo Por favor, vai me machucar, não tinham mais tanta urgência,

O homem reencenou a atuação: virou para fora da cama, deu as costas a Marie, deixou a bunda à mostra. Dessa vez, no entanto, não ficou quieto; perguntou, imitou de novo o sotaque dela, mudou as tônicas, fez pausas absurdas e alongou sílabas, raspou os erres, perguntou *Madame Bovary*, e depois continuou normalmente, disse Ou que livro é esse que você tem aí. Sim, ela respondeu, confirmou Exatamente, disse *Madame Bovary*.

Silêncio. O homem se manteve voltado para a parede, de costas para Marie. Outra vez incomodada, ela disse qualquer coisa, comentou Quando era criança achava que o Flaubert era gordo. Ele riu. E o Balzac também, ela emendou por causa do riso, mas agora não sei, não tenho mais certeza. Ele achou inusitado, riu mais, mas ela insistiu, perguntou, séria, Será que eram mesmo gordos ou só barrigudos.

Você não devia estar lendo livros sobre formigas, ele perguntou porque não sabia responder, dizer se Balzac e Flaubert eram gordos, ou carecas, ou narigudos: não sabia nada sobre os dois. Quando disse, quando chutou *Madame Bovary*, era já sua última ficha, seus últimos

A grande piada é que sei de tudo isso, sobre Otavio Könnig, sobre seus filmes, apenas de ler o caderno Cultura, do *Jornal da Cidade*, em que o Alvaro trabalha; nunca o vi pessoalmente, nem falei com o tal diretor de cinema: não sou colega, amigo, muito menos melhor amigo dele, como fizeram o Alvaro acreditar.

---

nem firmeza, e foram logo substituídos pelos gemidos clássicos, Marie se masturbando e o homem enfiando o pau em seu cu e voltando, cada vez mais fácil, mais forte e pronto, acabou, Marie achou uma pena, ele tinha gozado rápido demais, pois, sim, quando estava ficando bom ele explodiu, não aguentou dentro dela, meteu e logo já estava bufando e dizendo Ai, e parando, de modo que Marie teve que

continuar sozinha, ele deixou o pau ainda dentro, se largou sobre ela, morto, e eia se masturbou como pôde até gozar também, expulsou com seu orgasmo o pau que tendia a mole, libertou o homem que rolou para o lado, sorriu, disse Isso foi bom, ela não disse nada, apenas respirou de novo, e ele dormiu, satisfeito, sem se lavar, Marie não conseguiu dormir, queria mais, queria agora o pau em sua boceta, mas os homens funcionam centavos, a derradeira cartada: porque não conhecia coisa alguma de literatura, menos ainda da francesa, e se juntou Flaubert a Bovary foi apenas por causa de um filme a que tinha assistido no cinema. Como um canelone, rolou pela cama, parou em cima dela, de Marie, com o *Madame Bovary* preso entre os dois, e disse Hein, o rosto perto demais do dela, perguntou Cadê os livros das formigas.

Eu teria dito, entre sério e divertido, sem rolar pela cama, sem amassar o Flaubert, eu teria dito Você está certa, o realismo francês é, antes de mais nada, uma questão gastronômica. Porque não apenas Flaubert e Balzac, mas também Stendhal era gordo, eu sentenciaria, e Marie exclamaria Não é possível. Eu continuaria, apoiando a cabeça na mão, o cotovelo fincado no colchão, diria Victor Hugo e Émile Zola, eles também, os dois, eram adiposos, não apenas pançudos, por mais que você ache que não é possível. E ela diria Não, não é isso, até acho bem razoável que na França todos os escritores realistas tenham sido gordos. Eu ficaria em silêncio, esperando a conclusão, e ela explicaria O

As páginas de *Porca* vão passando e Bernardo vai ficando cada vez mais confiante em suas intromissões: agora usa seu poder de narrador para se propor como alternativa, como contraponto à história narrada, abre sua colorida cauda em leque e se pavoneia inconformado na frente de Marie, ainda que apenas no âmbito literário.

---

diferente, ela sabia muito bem, tinha que esperar, esperou, se lembrou do livro que comprara fazia alguns meses, que levava sempre consigo mas ainda não tinha começado a ler, saiu da cama, abriu a mala, pegou o Flaubert pelas orelhas, voltou para os lençóis e finalmente leu, porque Não tem forma melhor de esperar do que lendo algum livro, um dia Roberto lhe disse isso, em um aeroporto, e ela aprendeu muito bem.

que não me parece possível é que você já esteja com o pau duro de novo.

Mas não, não foi isso que aconteceu, não era eu, Bernardo, quem estava ali, com ela, no quarto do hotel; o homem disse simplesmente Cadê os livros das formigas, e Marie respondeu Estão dentro da mala, ainda que não tivesse trazido livro algum de mirmecologia, porque desenvolvia um trabalho de revisão taxonômica ligada a coleopterologia, mais especificamente a insetos da família Anthicidæ, que, apesar de se parecerem com formigas, são, na verdade, besouros; mas não adiantava explicar nada disso a ele. Por isso ela não explicou: apenas se despiu do Flaubert e do lençol, com a anuência do homem, certamente, que saiu de cima dela para depois voltar a se deitar entre suas coxas, pronto, como eu também já estaria, sim, pronto para.

Só que então bateram à porta. Precisamente: quando Marie fez não haver mais nada entre seu corpo e o dele, suas pernas se afastaram, o pau dele ficou duro: bateram à porta do quarto. Sincronismo puramente literário, nada realista, o Flaubert e eu sabemos disso, ainda que a vida, às vezes, seja mais improvável do que a literatura. Mas não me preocupo; o realismo que se foda se o homem sai de cima de Marie, tira o pau de entre as coxas dela, se levanta e vai em direção à porta, se ela, se lembrando de repente, diz, disse Foi exatamente assim que sonhei essa noite.

O Alvaro não acredita, digo Não conheço o tal Otavio Könnig, juro Nunca falei com ele na vida, nem nunca o vi, mas ele não acredita e passa a tentar me comprar, seduzir, subornar. Posso conseguir uma matéria de página inteira

Alguém batia à porta, no meu sonho, Marie explicou, contou E, no momento seguinte, minha coordenadora de pesquisa estava aqui dentro, parada ao pé da cama, olhando para nós dois. Sim, nós dois, deitados aqui, sem roupa alguma. A coordenadora nos olhava e dizia Isso não está certo. É estranho você sonhar justo com ela, ele comentou, sugeriu O normal seria aparecer seu marido no sonho, assombrando sua noite, não a orientadora de pesquisa.

Mas as batidas se renovaram, repetiram, não eram sonho, e ele continuou, o homem, continuou: foi até a porta. Marie se cobriu com o lençol até a cabeça, o ouviu girar a maçaneta, abrir a porta e depois dizer Não, obrigado. Também não, não precisa fazer a arrumação mais tarde, ele falou, repetiu Não, obrigado, e fechou a porta.

Fechou a porta, voltou, parou ao pé da cama, ficou olhando para Marie, completamente coberta pelo lençol. Ela se descobriu, apenas a cabeça, se descobriu e olhou para o homem, apertando os olhos, sorriu; sussurrou Isso não está certo. Ele deu de ombros. Ainda que sem saber como, tinha conseguido: *Madame Bovary* finalmente estava em suas mãos. Aberto ao meio, o livro do Flaubert cobria precariamente sua nudez, ainda rígida e içada para o alto. Marie disse Vem cá, acompanhando com as palavras o gesto de esticar a mão, o braço inteiro, e convidar, mas ele disse Não.

para você, ele propõe, o Alvaro; não aceito, é claro que não, ele insiste, propõe mais, diz Posso fazer uma retrospectiva de sua carreira, ao longo de uma semana inteira: cada dia comentamos um de seus livros. Não respondo, fico em silêncio, ele tenta outra vez, desesperado, diz Você sabe que tenho muitos contatos, insinua qualquer vantagem que não compreendo bem; a vontade de o mandar à merda, de o surrar se soma agora ao impulso que mal contenho, que sobe até a boca, impulso de dizer, simplesmente, Sim, sei que você tem muitos contatos, e depois perguntar Mas você, tão sabido e tão importante, você sabe que estou comendo sua mulher, e que isso já faz algum tempo.

Cansado da farsa, digo Preciso ir para casa, me levanto; o Alvaro se põe de pé também. Deixamos o parque do Moinho e voltamos pelo mesmo caminho, de volta pela rua da Mostarda até chegar à rua do Tostes, depois pela rua do Tostes até a porta do prédio onde moro, pelo qual passamos antes, como se eu não morasse ali. Cansei da farsa, cansei de fingir: não me importo mais.

Olhou a mulher deitada na cama e, com um sorriso satisfeito no rosto, disse Agora vou ler um pouco. Imitou o sotaque dela outra vez, raspou os erres, fez pausas absurdas, mudou as sílabas tônicas e disse Bovary, disse Agora vou ler esse tal de Flaubert. E começou, parado, nu, no meio do quarto: abriu em qualquer página e começou a ler em voz alta, desajeitado, sem que Marie o fizesse entender que imitar seu jeito de falar era um erro, um dos mais graves que ele poderia cometer.

8.

Frederico vai de um lado para o outro da sala. Descreve um oito sobre o tapete: vai e volta como se soubesse o que vem em seguida, como se esperasse.

Disso não tenho certeza, se fazia mesmo um oito enquanto estava lá, inquieto, ou se sabia de alguma coisa, se esperava realmente. Mas ele babava, muito.

A língua pende para fora da boca: respira ofegante. E às vezes late, sem parar de dar voltas, de ir de um lado para o outro da sala.

Era mesmo um monte de baba: se pendurava em suas gengivas, formava fios que se alongavam, mas não caíam nem quando ele latia. São horríveis essas gengivas escuras que os cães têm.

Frederico é um desses cães que nem deus sabe qual é a raça; os pelos são curtos, de um marrom quase preto; o corpo é compacto, forte,

apesar de que quase nunca saía do apartamento.

Na extremidade oposta à boca, o rabo abana como um limpador de para-brisa em dia de tempestade. E os latidos aumentam.

Até que a mulher aparecia.

A mulher aparece: vem do quarto, ou do banheiro, para a sala. Segue até a janela, puxa, corre de uma vez só as cortinas, faz com que se fechem. Depois, no meio do tapete, bem debaixo do lustre da sala,

tira a calça de ginástica, tira as meias, fica só com a calcinha e com uma blusa sem mangas, apertada ao corpo.

Dificilmente usava soutien.

Frederico fica mais agitado quando ela aparece. Ele para de desenhar oitos pelo chão e começa a pular, apoia as patas na mulher, olha para seu rosto, late.

Parecia que falava com ela, que esperava que a mulher latisse de volta, respondesse alguma coisa.

Ela afasta Frederico e se senta no sofá, de frente à janela. Ele continua latindo. E vai atrás dela, sobe no estofado, desce, sobe de novo, fareja a mulher,

que o empurrava de volta para o chão, sempre muito bruta.

Dá alguma ordem para o cão, gesticula, repete a ordem; ele não entende, não obedece, apenas se põe a andar de novo de um lado para o outro,

com a língua de fora,

o rabo abanando. A mulher tira a calcinha. Se senta na beira do sofá. Abre as pernas. Frederico volta, vai até ela, tenta subir em seu colo. A mulher o repele outra vez, ele desce,

e ela o chamava de volta.

Abre mais as pernas. O cão a lambe. A mulher o retém entre as coxas, segura a cabeça dele, a acaricia, afaga Frederico e ele continua, lambe a boceta dela inclinando a cabeça ora para um lado, ora para o outro.

E acabava ficando excitado.

Ela puxa Frederico pelas patas, o força a subir, a montar, o faz ficar na posição certa. O cão começa.

Se mexia rápido, investia contra as pernas da mulher, contra o sofá. Metia de qualquer jeito, afobado.

Com as coxas afastadas ao máximo, ela ajuda, se senta mais para a beirada. O pau do cachorro se enfia dentro dela, algumas vezes, depois sai, volta a colidir contra as pernas, o estofado, acerta a boceta de novo, ao acaso, entra,

a mulher fechava os olhos. Mas o bicho era afoito demais: o pau escapava outra vez, saía da boceta,

a mulher abre os olhos, segura Frederico com força, ele continua, automaticamente, não para, mete mais, ela arqueia as costas e joga a cabeça para trás.

Depois chutava o animal longe.

Frederico desce do sofá: volta a lamber a mulher. Ela o empurra, acerta outro chute em seu flanco.

E também xingava o bicho.

Fecha as pernas. O cão se afasta. Ela se masturba. Mas Frederico insiste, late, volta, sobe outra vez no sofá, ao lado dela, põe as patas da frente sobre seus ombros, sobre sua cabeça, seus braços.

Ficava ali tentando meter não sei em quê, empurrava o pau contra o rosto dela, contra o encosto do sofá, contra o peito, o braço da mulher.

Acendo mais um cigarro; não, não estou nervoso, não mais, este cigarro é apenas para aquietar a vontade de contar tudo: sim, sinto uma vontade transbordante de tripudiar, de rir, escarnecer, de revelar ao Alvaro, nos mínimos detalhes, tudo o que eu e Ela temos feito nesses meses todos, bem debaixo de seu nariz, na sua cara de idiota, de contar a ele que a viagem é mentira, que o congresso ou simpósio ou encontro literário não existe, que o vinho que ele carrega, e também o livro, o romance do Benedetti que comprei por não ter conseguido achar os concertos para piano do Bartók, que o vinho e o livro são para Ela, para nós dois, amanhã, e que ainda há outra garrafa, esta que está comigo, outro carménère, e mais os ingredientes para o almoço comemorando sua chegada. Acendo o cigarro e preciso me segurar por dentro, com as duas mãos, impedir minha boca de contar ao Alvaro, perguntar Sabe por que sua mulher voltou a fumar, e levantar a mão com o cigarro na cara dele, soltando a fumaça pelo nariz, dizer Sim, ofereci uma vez, Ela disse que fazia tempo que não fumava, mas aceitou, isso mesmo, Ela aceitou e desde então voltou a fumar, não tanto quanto antes, pelo que disse, mas voltou a fumar, justamente por minha culpa, repare: a marca dos cigarros é a mesma. Mas nós chegamos à frente do prédio onde moro e eu não disse, não tripudiei, não zombei, não ri; paro, digo apenas É aqui, estendo o braço, a mão na direção dele, do Alvaro, peço a sacola do mercado de volta, a sacola da livraria, mas ele não entende, pois foi ali que nos encontramos há pouco, que ele veio em minha direção, disse Que coincidência, eu estava mesmo precisando falar com você, pediu para me acompanhar até em casa e eu passei, nós passamos pelo mesmo prédio, eu fingindo que não morava aqui. No entanto moro, e é assim mesmo, as pessoas são assim, elas mentem, eu deveria explicar para o Alvaro, mas apenas digo, repito É aqui, e ele então se dá conta, mal e porcamente, mas se dá conta: de que o enganei, de que o fiz andar comigo, se sentar no parque do Moinho, apenas para não lhe mostrar onde moro, para não ter que o convidar a subir, entrar em meu apartamento. Não parece ofendido, entretanto; ou mesmo ofendido consegue sorrir com sua cara de idiota, devolver as sacolas que carregou tão educadamente para mim. Eu as pego, as sacolas, digo Obrigado, penso em dizer ainda, pedir Quando Ela for fazer a mala, hoje à noite, lembre a Ela que é para tra-

Ela não para de se masturbar. Frederico late mais, é repelido com um soco, desce. Se deita no tapete. Respira apressado, mais ofegante do que antes,

com a língua para fora, com mais fios de baba que pendiam da boca.

Aos poucos se acalma; não olha mais para a mulher, não late. Ela, apertando as coxas, não demora e goza.

Depois chorava.

O cão, deitado, larga a cabeça sobre o tapete, fecha os olhos. É possível que durma.

Com a barriga para cima, as patas dobradas, a cabeça de lado, Frederico oferece o pescoço: a mulher o acaricia. É de manhã, ainda cedo,

ela devia ter acabado de sair da cama,

veste apenas uma camiseta velha, que chega até o meio das coxas. Quando anda, dá para ver: está sem calcinha.

As costelas do cachorro, debaixo dos pelos, formavam linhas paralelas que iam descendo até a barriga, côncava, e depois o pau, discreto, se camuflava entre as patas; estava guardado, mas ela o atiçava.

De novo as cortinas estão fechadas em vão: sua semitransparência não impede que se veja,

desde algumas das janelas do bloco A,

o interior da sala e parte do corredor que vem dos quartos. Me pergunto quantas vezes Marie teria assistido à cena, antes de sua vida dar certo até não poder mais e ela deixar a Ilhota, se mudar para a Capital, começar e terminar a faculdade de ciências biológicas, conseguir um emprego remunerado pelo Governo Federal, se casar, fazer o mestrado e planejar a concepção do primogênito.

É uma pergunta idiota.

Assistia, olhava, e o nojo se misturava à excitação, suponho,

uma suposição idiota,

mas com o tempo talvez não houvesse mais nojo algum: podia ser até que gostasse.

É claro que não.

Com a ponta dos dedos, a mulher masturba Frederico. Deitado de costas, ele late, tenta se levantar,

mas ela o impedia, segurava o bicho no chão, não o deixava sair debaixo dela.

O pau vai brotando, aparece vermelho de entre os pelos escuros. As patas traseiras pedalam no ar, completamente inúteis.

Ele virava a cabeça, esticava, oferecia o pescoço. E abanava o rabo e babava.

A mulher continua, bate punheta para o cão, excita Frederico cada vez mais. Sem sair de cima dele, sem deixar que se solte, tira a camiseta. E então enfia,

ajoelhada, com o bicho entre as pernas, ela segurava o pau dele e descia devagar, o enfiava até o fim.

Frederico late, tenta se soltar.

Parecia difícil controlar, segurar o bicho para que não se virasse, não se levantasse e estragasse tudo;

com uma mão a mulher mantém o pau dentro de sua boceta, com a outra, no peito, faz

zer a camisa azul-marinho, aquela bem fina, sim, com os botões delicados que se abrem às vezes sem querer, quando menos se espera; Ela fica tão bem quando a veste, você não deve ter reparado, mas, sim, fica muito bem. Ou poderia ainda dizer, pedir Não estrague a surpresa, por favor, não conte a Ela do livro; diria isso mostrando a sacola da livraria que o Alvaro acabou de me restituir, com *A trégua*, do Benedetti, embrulhado para presente. Mas não, me contenho, me comporto comme il faut, insisto mais uma vez, explico Não conheço o tal diretor de cinema, Otavio Könnig, digo É uma pena, não posso ajudar você com a entrevista. Tento não ser irônico, não rir na cara do Alvaro, agradeço pela tentativa de suborno, o oferecimento de uma matéria de página inteira, dentro do *Jornal da Cidade*, no caderno Cultura, da retrospectiva de minha carreira literária ao longo de toda uma semana; mas o agradecimento deixa o Alvaro constrangido, pois ele insiste, diz Vamos fazer a matéria assim mesmo, diz Mande algum material para mim, e eu respondo Não, sou sincero e digo Não precisa, sorrio para ele entender que está tudo bem, sim, ainda que eu queira mandar o Alvaro à merda, que queira sugerir a ele que enfie a matéria de página inteira no cu, eu sorrio, muito civilizadamente, eu, o homem que está comendo a mulher dele, sorrio e digo Bem, concluo Preciso subir, e encerro Até logo. O Alvaro ainda pergunta Sabe onde fica, qual é a rua do Mariante, e eu sei, é claro que sei, estamos paralelos a ela, a cruzamos quando vínhamos pela da Mostarda, há pouco, mas digo Não, não sei onde é, repito A rua do Mariante, como se pensasse, tentasse acessar a informação, depois balanço a cabeça, digo de novo Não, não sei onde é, desculpa, e me despeço outra vez. Aproveito que estou com as mãos ocupadas pelas sacolas e me furto a apertar sua mão, a mão do Alvaro; digo simplesmente Até logo, e entro pelo portão do prédio. No hall, olho o relógio de aço escovado, penso É tarde, faço as contas, franzo a testa, constato: demorei demais na rua. Chamo o elevador, subo, saio em meu andar, o décimo segundo, vou pelo corredor, adentro de novo meu país de trinta e sete metros quadrados, que ainda precisa ser arrumado, limpado para Ela: tem que estar digno de a receber amanhã. Deixo as compras do mercado na sala, que é também a cozinha, ponho a sacola com o livro sobre a cama, no quarto, e vou tomar um banho.

Frederico ficar quieto. Ela mexe, movimenta os quadris, procura,

fazia exatamente como se estivesse com um homem.

Fecha os olhos. Ficam, os dois, atados no precário encaixe que os funde. Ela tenta gozar: força o pau de Frederico em ângulos diferentes, acelera os movimentos em cima dele,

mas era o bicho que esporrava, ao fim, e depois latia.

Talvez ela sinta Frederico inchando dentro de sua boceta. Sai de cima dele. Ele se vira, se levanta,

ia para um canto da sala,

se põe a lamber o próprio pau, que vai encolhendo, some de volta em seu casulo de pelos. A mulher também se levanta. Leva a mão até o meio das pernas,

continha a gozada do bicho, que começava a escorrer por suas coxas, evitava que caísse no tapete.

A porra que aderiu a seus dedos, viscosa, ela a examina, aproxima do nariz, sente o cheiro. Limpa a mão depois na camiseta despida, recolhida do chão,

secava a boceta, secava também as coxas

e se deita no sofá. Frederico vai em direção à cozinha. Trota devagar, não dá atenção à mulher. Ela se masturba,

apertava o grelo com o dedo médio da mão direita, sumia o indicador e o médio da outra mão para dentro da boceta, o mais rápido que podia.

Marie saiu da janela antes que a mulher gozasse. Foi direto para o quarto; trancou a porta.

É claro que não aconteceu o que você está pensando. Eu sentia pena, muita pena dela.

Porque, sim, depois que a mulher gozou, Marie não viu, mas imaginava, tinha certeza: ela se pôs de novo a chorar.

9.

Não. Não estou mais animado. Nem mais feliz. É claro que não. Hoje à noite, está marcado: o jantar com Marie; sim, é hoje a quinta-feira, o dia que marcamos, ela vai a meu apartamento, eu farei boules au poulet, preciso ainda treinar, melhorar a pronúncia, saber como se diz direito bu-lê-ô--pu-lê, beberemos vinho tinto, já o comprei, duas garrafas, vamos conversar et cætera; mas, é isso, isto: não estou mais feliz, nem mais animado, porque a vida segue igual, mesmo que no et cætera caiba muita coisa, por exemplo nossas bocas, por meio dos lábios, se tocando no que se chama beijo, ou talvez no et cætera caiba também uma bela trepada, e isso seria excelente, mas ainda assim, agora, neste exato momento, quando a Velha vai até a porta dupla da Livraria, sorri, diz Vamos lá, pessoal, e inaugura oficialmente mais um dia de trabalho, nos expõe aos clientes, à aspereza do mundo lá de fora, não, agora não estou nem um grama mais gordo de feliz, ou de animado.

Parece que é precisamente ao contrário. Porque hoje à noite vou jantar com Marie e esperei tanto tempo por isso, o dia de trabalho, a Livraria, a Porca, os clientes, Almapenada, Ramon, até mesmo o silêncio destas estantes inchadas de tantos livros, ideias demais, tudo, diante do contraste com o que vai ser a noite, me soa mais

Deixo o Alvaro, com sua cara de idiota, ele fica lá, na calçada, parado, enquanto entro no prédio, olho o relógio, chamo o elevador, subo, saio em meu andar, o décimo segundo, vou pelo corredor e me devolvo para meu principado de trinta e sete metros quadrados. Largo as sacolas com as compras do mercado na sala, que é também a cozinha, as garrafas de vinho, o chocolate, a carne, o frango, a noz-moscada; no quarto, deixo o livro sobre a cama; entro no banheiro para tomar um banho, me lavar do encontro com o Alvaro, da multidão do mercado, das lojas do Moinho. Mas tiro a roupa e não, não tomo o banho. Porque, antes, eu me lembro, tenho que limpar a pia e a privada, deixar o banheiro desinfetado, cheirando a eucalipto, pronto para quando Ela chegar, amanhã de manhã.

É atroz: limpar a privada, me abaixar em sua direção, como se tivesse bebido demais e a fosse abraçar para vomitar, enfiar a mão lá dentro, com o rosto tão próximo, e então esfregar os cantos, depois o fundo, já dentro da água, cuidando para que não respingue para fora, para cima de mim; é atroz, mas faço, eu limpo, esfrego, deixo a privada paradoxalmente perfumada e, até amanhã de manhã, me imponho a restrição: não cagar.

odioso: meu mau humor habitual se eleva ao cubo, minha má vontade ganha nuances grotescas, com toques sádicos. É inconcebível: no dia em que farei boules au poulet para Marie, é inconcebível que precise dizer Bom dia, responder Sim, temos *Os sofrimentos do jovem Werther*, e explicar Está na estante LITERATURA ESTRANGEIRA, me conter, engolir a seco o comentário Onde mais estaria, onde poderia estar se não em LITERATURA ESTRANGEIRA, calar a pergunta O senhor tem outra ideia para a organização dos romances do Goethe, cerrar os dentes para abortar a sugestão Talvez pudéssemos guardar o *Werther* na estante INFANTOJUVENIL; mas eu engulo o comentário, seguro a pergunta, aborto a sugestão, sim, me calo, respiro fundo e apenas digo Claro, pego o livro para o senhor.

É o primeiro cliente do dia. Entrou assim que a Velha abriu as portas; com certeza estava esperando, aflito ou ansioso, a Livraria começar a funcionar. Entrou e veio direto em minha direção, como se me conhecesse, ou como se eu devesse alguma coisa a ele. Não adiantou me esquivar, virar o rosto para as estantes, fingir que procurava algum livro, não adiantou; Bom dia, ele disse, depois perguntou Vocês têm *Os sofrimentos do jovem Werther*, perguntou Onde é que encontro, e por fim Você pode pegar para mim. Aqui estou, então, eu, no dia em que finalmente vou jantar com Marie, aqui estou, tirando um maldito Goethe da estante, estendendo ao velho, com um sorriso torto no rosto, dizendo Pronto, senhor, em que mais posso ajudar.

Ele pega o livro, o examina como se fosse um objeto, um cinzeiro, por exemplo, ou um vaso de porcelana, como se o mais importante ali não fosse o que está escrito dentro, as letras todas que mancham as páginas, palavras que formam frases que formam parágrafos que formam capítulos que formam o livro; não, ele não sabe, mas é assim já faz tempo, desde Gutenberg, isso é que é um livro impresso. Está na cara: o Goethe não é para ele, o velho não é de ler romances, de perder tempo nessa punheta mental que apelidaram de literatura, com letra maiúscula: Literatura. Então formulo:

- hipótese número um: a neta do velho, necessariamente virgem, inocente e ultrarromântica, de quatorze anos, mais ou menos, tímida, quieta, de cores pálidas, que cresceu sem muitas amigas, ela pediu de presente o Goethe;
- hipótese número dois: o velho, já devidamente enviuvado, arrumou uma velha com quem quer tentar as últimas sacanagens da vida, pois não resta mais muito tempo, os anos correm e a impotência corre junto, às vezes mais rápido do que a vida, mas a velha é metida a intelectual e disse, no restaurante caro, com a taça de vinho balançando na mão, ela disse, na falta do que dizer, disse Gosto tanto do Goethe, e o velho entendeu muito bem: se quiser comer a velha, vai ter que ler antes o tal do Wolfgang;
- hipótese número três: o velho está sem ter o que fazer, como é típico em sua idade, ainda

Em seguida, depois da privada, eu limpo a pia. Pego uma pasta de dentes nova, ainda que a antiga não tenha acabado. Faço o espelho brilhar mais nítido do que a realidade que ele copia. E vou para o banho. No banho acontece, gratuitamente: fico de pau duro. Mas não, é claro que não faço nada; ficará duro por quanto tempo quiser, mendicante: terá que esperar por Ela para ter alguma atenção. Porque seria uma ideia bastante idiota bater punheta justo hoje, ainda que a água escorra fresca pelo meu corpo, que o banho esteja tão bom, que a partir de amanhã seja Ela aqui, debaixo deste chuveiro, se banhando, e eu ouvirei o barulho da água caindo, lá de fora, quando Ela não me convidar para entrar junto, quase nunca me convida, porque

Eu sou tímida, Ela diz, disse uma vez, e eu penso em seu corpo, os seios pendentes, as coxas, a bunda, e talvez esteja com os pelos aparados em um triângulo equilátero desta vez, ou em um retângulo, ou talvez sem pelo algum, e fica difícil, já não me aguento mais e. Mas não. Tenho que me controlar; não posso gastar minha porra, não hoje, não assim, deste jeito, sozinho. Amanhã Ela já está aqui.

Acabo castamente o banho, continuo os afazeres domésticos: troco a lâmpada sobre o espelho do banheiro, queimada já faz mais de dois meses. Morreu exclamando Poc, a lâmpada, subitamente, enquanto eu fazia a barba; na semana seguinte comprei outra, dessas com o filamento de tungstênio, porque não me acostumo com os outros tipos de lâmpadas, as fluorescentes, por exemplo: na semana seguinte comprei outra lâmpada, mas foi preciso dois meses, que Ela viesse a meu apartamento

é cedo, todas as lojas estão fechadas, mas a Livraria abre às nove, uma hora antes de todo mundo, por isso ele veio, ousou entrar aqui para encher meu saco.

Independentemente de qual das hipóteses se verifique verdadeira, acho por bem avisar, deixar claro, dizer O Werther morre no final. O velho me encara com os olhos arregalados, mas é impossível saber o que significa nele arregalar os olhos; então explico melhor, digo Sim, ele se mata com um tiro, na última ou na penúltima página. Certo, o velho diz. Estende o livro de volta para mim, o objeto estranho, com as folhas manchadas de letras, palavras, objeto que não funciona sozinho, precisa ser lido para ganhar sentido.

Vai embora. Sim, o velho vai embora e algo se ilumina em mim. Satisfeito, eu o observo, depois de girar sobre o próprio corpo, se dirigir para fora da Livraria; não agradeceu, não pediu para reservar o livro, não disse que voltaria depois. Talvez meu dia esteja salvo.

Almapenada parou a meu lado, não disse Bom dia, não disse Como está, não perguntou E aí, cara; não: ele foi direto, fez a pergunta sem rodeios, disse Qual é seu tipo sanguíneo, e eu o mandei à merda. Eu o mandei à merda, mas depois respondi Não sei, sem que isso fosse uma mentira, porque realmente nunca me interessou saber de que marca é o sangue que corre dentro de mim; é uma informação inútil, apesar de os catastróficos dizerem o contrário. Ele ouviu a resposta, Não sei, e, sem olhar para mim, caminhou para a frente da Livraria, com as mãos nas costas, na postura típica do comerciário, do vendedor de loja infeliz; eu fiquei sem entender.

É impossível compreender as pessoas, saber o que vai ali dentro da cabeça delas, a menos que elas expliquem. Ainda assim, não se consegue entender tudo, mesmo prestando atenção nas razões que nos dão, ouvindo, tendo boa vontade, querendo compreender; isso ao menos se pode deduzir a partir do Kant, eu acho, que foi um sujeito razoavelmente lúcido, apesar de escrever complicado demais. Generalizando a ideia, e utilizando uma metáfora, para ficar mais poético, direi que: querer entender qualquer coisa neste mundo é como querer separar o sal da água do mar: não apenas é estúpido, mas também fatal. Porque as pessoas morrem quando se explicam, as coisas se desintegram quando são entendidas, da mesma forma que o mar deixa de ser mar se não estiver salgado. Qual é seu tipo sanguíneo, Almapenada perguntou, eu não entendi por quê, ele foi para a frente da Livraria mas depois voltou, explicou, se arriscou a morrer já que não tinha outra escolha.

Preciso de um rim, ele disse. Fiquei mudo, ou idiota; olhei para ele, que ainda não me olhava, não me olhou; esperei. É, cara, ele disse, repetiu com mais ênfase Preciso de um rim, e saiu de novo do meu lado, as mãos para trás, foi atender a mulher que vasculhava a estante Autoajuda havia mais de dez minutos. Pensei Puta merda,

para algo mais do que nossos encontros rápidos, sim, foi preciso dois meses para que eu girasse no sentido anti-horário a lâmpada velha, no sentido horário a nova e iluminasse de novo o espelho do banheiro.

No quarto, troco a roupa de cama; escolho o melhor conjunto, que não é muito diferente dos outros; forro a cama, estico bem o lençol sobre o colchão, até não deixar nenhuma dobra. Arrumo minha cama desde os nove anos; no começo fazia com raiva, pendendo para o choro, mas depois me conformei: arrumar a cama é um desses rituais diários, como pentear os cabelos, cagar, escovar os dentes. Hoje, no entanto, arrumo a cama com um prazer antecipado; estendo a colcha, finalizando, ajeito o travesseiro dela junto com o meu e penso É amanhã.

Me visto, ponho uma roupa qualquer. Consigo, em meu guarda-roupa, realocando os casacos, que não devo usar nos próximos dias, empilhando algumas camisas, misturando as cuecas com

pensei Que filho da puta, pensei Mas que veado, e fui atrás dele.

No meio do caminho, na diagonal imaginária que tracei para chegar o mais rápido possível ao ponto B, Almapenada, partindo do ponto A, eu e minha localização precisa na face da Terra, no meio dessa hipotenusa hipotética: um cliente me interrompeu, me obrigou a parar. Musil, ele disse, ou perguntou, sem muita firmeza na pronúncia, ou certeza do significado da palavra, como uma criança a quem a mãe disse Vai lá, entra na loja e pede para o moço: Musil, apenas isso, Musil, que ele vai entender o que é. Mas ele não era uma criança, as crianças não medem um metro e oitenta, nem usam barba, e eu não era o moço, compreensível e paciente, disposto a um bom atendimento; por isso, apenas olhei para ele, para o homem, e não o ajudei, não disse Sim, não adivinhei Está procurando *O homem sem qualidades*, não convidei Venha por aqui, não disse É claro; não: apenas olhei para ele e sorri, respondi Pois não, como se aquele fosse meu nome, sim, como se eu mesmo me chamasse Musil.

Não deu certo. Ele estava preparado: tirou do bolso um papel em que uma letra contundente, masculina, talvez a letra fosse dele mesmo: tirou do bolso um papel em que estava escrito Robert Musil — *O homem sem qualidades*. Não pude me esquivar mais; voltei à estante LITERATURA ESTRANGEIRA, me abaixei para chegar à prateleira certa, com alguns livros de autores com o sobrenome começando por L, M e N misturados a outros com os títulos iniciados por essas letras, tirei o volumoso, o gigantesco, o descomunal Musil e o estendi para o cliente. Ele disse Oh, ou disse Nossa, ou disse Caramba, e com um sorriso, contente, falou como se fosse uma vaca e mugisse, falou São muuuuuuuuuuuuuuuuitas páginas, e eu concordei, disse Sim, no entanto também avisei, disse Mas se prepare: não acontece nada no livro inteiro. Como assim, ele perguntou, repetiu minhas palavras, Não acontece nada, e eu confirmei, disse Isso mesmo, não acontece nada, expliquei O livro conta a preparação de uma comemoração que nunca chega, você lê mais de mil páginas, elas acabam e daí você percebe que não foi nada, não aconteceu porra nenhuma.

O homem torceu o nariz como a porca torce o rabo. Eu, fiel a meu uniforme de vendedor, sugeri Leve o livro, disse Vai gostar, mas era tarde demais: Não sei, ele respondeu, vou pensar um pouco, e deu um passo para trás, se afastou sem querer saber o preço. Fiquei satisfeito, satisfeitíssimo. Larguei o tijolo musiliano sobre a biografia do Che e voltei a procurar Almapenada pela Livraria.

Ainda estava no mesmo lugar, na estante Autoajuda, sorrindo para a mesma mulher, com um livro de capa colorida na mão; em número de páginas, o livro correspondia a ridículos um quinze avos de *O homem sem qualidades*. Não havia dúvidas: eu iria estragar a cantada, a flertada do Almapenada. Mas não me importava; ele depois me xingaria de corno, diria Ela já estava caindo na minha, me mandaria à merda, mas não me importava: precisava tirar a história do rim a limpo.

as meias, consigo espaço, uma prateleira e uma gaveta inteiras para que Ela possa desfazer a mala, ter suas roupas guardadas junto com as minhas, sem que amassem, ainda que a maioria de suas roupas nunca amasse: para que pareça que sua estada de uma semana aqui, no planeta de trinta e sete metros quadrados, é tão permanente quanto a minha.

Pois, sim, como é que era isso, aquilo, isto: com que direito se chega ao lado de alguém e diz Preciso de um rim. É uma necessidade pornográfica, obscena, precisar de um órgão, que seja rim ou fígado, ou pâncreas, vesícula, córnea, coração, testículo. Quem é que tem o direito de pedir uma coisa dessas, eu me perguntava e andava, seguia na direção dele, do Almapenada.

Darei dois passos, no entanto, apenas dois passos e Ramon interromperá também meu caminho. Ele trará, quase pelo braço, uma mulher com jeito de santa católica: a cara lívida, os cabelos ordenados demais na cabeça, todos os fios exata e meticulosamente presos por um elástico. Pararei com má vontade. A mulher estará procurando um livro do Flaubert, por isso Ramon pedirá minha ajuda, eu sou o intelectual, o especialista da LITERATURA ESTRANGEIRA, como ele diz. Ela não se lembrará do título e eu começarei pelo mais óbvio, antes de perguntar *Bouvard e Pécuchet*, *As tentações de Santo Antão*, *Salambô*, me lembrarei do filme que ainda deve estar em cartaz e direi *Madame Bovary*, para a mulher então responder É isso, repetir *Madame Bovary*, com a cara paradoxalmente mais emburrada, como se eu a ofendesse por descobrir de primeira o título do livro que ela procura.

Na sala, arrumo minha mesa de trabalho: o caderno de notas, que Ela sempre quer ler, vasculhar, com os trechos já passados a limpo pintados com lápis de cor, o livro do Sade, que terminei de ler anteontem, e o diário do Gombrowicz, que não termino, nunca terminarei de ler, porque quando chego no fim volto para o começo e assim ele nunca acaba. Está lá também, sobre a mesa, o tubo plástico em que vieram três bolas de tênis e onde agora guardo os lápis de cor, a lata de café Illy, Espresso,

Sentirei vontade de trepar com ela, com a santa, de a foder de qualquer jeito, à força; pensarei que, quando meu pau estivesse entre suas pernas, latejando, a ponto de explodir de porra, ela desarmaria a cara emburrada, entenderia o que estava errado em sua vida. Mas, em vez de propor, francamente, a trepada reparadora, ao estilo dos discípulos do Reich, apenas direi, avisarei Ela morre no final, eu, me lembrando dos resultados obtidos com o velho que procurava o *Werther*, também com o homem que disse Musil, anunciarei Madame Bovary se mata, toma veneno e morre no final do livro. A mulher não mostrará espanto algum, nem se indignará por eu ter contado, estragado a graça do livro; em vez disso, dirá Curioso, e eu aproveitarei a oportunidade, direi É o mesmo final de *Anna Karenina*, explicarei Mas Anna Karenina se joga debaixo de um trem.

Ramon olhará para mim com feições dementes. Rirá, sem jeito. E eu me empolgarei, continuarei, perguntarei Já leu *Lolita*, explicarei É outro tipo de literatura, se é que me entende, mas é genial, e a Dolores, a Lolita do título, no fim, ela engravida e não fica junto com o Humbert Humbert. Voltando aos clássicos, tem *O castelo*, do Kafka, e eu já deixo avisado: o livro termina e K., o agrimensor, não consegue pôr os pés dentro do tal castelo. Olharei para ela, para a mulher com cara de santa, direi Que tal, perguntarei Também não leu, e então proporei, sem esperar que ela responda, direi Você precisa ler *A insustentável leveza do ser*, é um dos grandes romances do século XX, e tem um final edificante, que o Kundera antecipa, conta já no meio do livro, pois ele é moderno, não há dúvida, mas que eu antecipo ainda mais e conto para você agora: Tomas e Tereza morrem no final, em um acidente na estrada. E Mathieu também morre, o personagem do Sartre que aparece em *A idade da razão*, reaparece na confusão buliçosa de *Sursis*

100% arábica, que faço de porta-canetas, e a garrafa de whisky, com um copo ao lado. Arrumo, organizo, tiro o pó, ajeito tudo o melhor que posso e depois vou para o sofá.

Olho, na mesa de canto, ao lado do sofá, o porta-retratos com a foto. Um dia Ela perguntou Quem é a mulher, mas perguntou só depois de nossos encontros terem se repetido por mais de um mês; respondi, disse a verdade, Ela entendeu: o porta-retratos continuou no mesmo lugar, intocado. Mas talvez já seja hora, sim, não faz mais sentido. Eu o pego, olho mais uma vez a foto e depois o guardo, no quarto, na caixa das coisas sem uso, na parte de cima do guarda-roupa, no fundo da última prateleira.

Vou para a cozinha, arrumo as compras, os ingredientes que trouxe do mercado. Deixo as garrafas de vinho fora da geladeira. Repasso a receita, confirmo: está tudo aqui. Preciso agora apenas temperar a carne, picar a cebola, pôr água para ferver. Mas, no lugar de começar

e depois em *Com a morte na alma*, ele morre de forma belíssima: metralhado pelos nazistas.

Parece que nesses livros todo mundo morre no final, Ramon comentará, mais constrangido do que divertido, olhando para a cliente e tentando me fazer parar; ela, absolutamente quieta, ainda emburrada, ouvirá o que direi com uma atenção descabida, paciente demais. Corrigirei Ramon, direi Não, direi Por exemplo, em *Tia Julia e o escrevinhador* eles não morrem, mas se casam. Também em *2666*, do Bolaño, ninguém morre no final, ou já morreu tanta gente que nem faz mais diferença. Em *A montanha mágica*, continuarei, temos uma síntese desses livros todos que citei: o protagonista, Hans Castorp, morre, sim, tudo indica que ele morre, mas talvez não tenha morrido, e também é um daqueles livros em que não acontece nada, que eu poderia resumir em uma frase, caso você quisesse, como *O homem sem qualidades*, que ofereci para o cara barbudo que acabou de sair. Mas a mulher rejeitará minhas sugestões, me interromperá friamente, dirá Não, dirá Levo este aqui mesmo, levantando o livro do Flaubert como se fosse a bíblia no meio da pregação, e eu me lembrarei de Marie, pensarei de novo em nosso encontro à noite, do jantar que acontecerá com o atraso de tantos anos.

A santa irá em direção ao Caixa e eu não me importarei, não ficarei aborrecido por não ter conseguido estragar também esta compra, frustrar mais uma vez o capitalismo. Suzana estará lá, na máquina registradora, junto com a Porca, pronta para receber o deus de papel. Desde que começaram os protestos, que as pessoas foram às ruas, que os boatos de um contragolpe democrático, à força, foram ganhando cada vez mais eco, a Velha não sai da Livraria, não sairá, como se a multidão dos crentes fosse invadir isto aqui e roubar os livros, o que duvido muito que façam, ou como se fossem queimar tudo em grandes fogueiras, e isso, sim, é bastante provável, que queimem tudo à la Führer, depois de salvarem as bíblias e o Santo Agostinho.

A mulher se afastará, olharei para sua bunda, a bunda apertada em jeans escuros, e teorizarei de novo que o problema dela, se há mesmo algum problema, é apenas a falta de um pau, a falta de gostar de um pau enfiado bem fundo em sua boceta; Ramon acompanhará meu olhar, nós dois miraremos juntos aquelas nádegas bem-feitas, mas logo ele exclamará O que foi aquilo, cara, que ideia imbecil ficar contando, estragando o final dos livros. Com jeito de santo também, acusará Está exagerando nos comprimidos, perguntará afirmando Já acabou com as cartelas todas que dei para você no outro dia. Eu, sem entender exatamente por que ele suporá que andei abusando das pilulazinhas, qual a relação entre elas e eu antecipar para os clientes o final dos livros que todos já sabem qual é, eu lembrarei a Ramon que não, ele não me deu nada: paguei por cada comprimido, por cada miligrama assim que a Velha liberou o salário.

Mas não. Ramon não virá, não vem, não veio com uma cliente atrás de mim, nenhuma mulher com cara de santa ou de louca, procurando o

a cozinhar, eu saio; deixo tudo como está e saio, pego o elevador, desço: vou para a rua mais uma vez.

Preciso comprar as flores e as jabuticabas, por isso saio para a rua, de novo, em vez de começar a cozinhar; é quase noite, mas devo conseguir: a banca de frutas, ao lado da Estação de Água, provavelmente ainda está aberta. Já as flores não sei, não faço ideia de onde vou encontrar; mas elas são essenciais, não abro mão: que quando Ela chegue, sobre a mesa, haja um vaso transbordando flores amarelas.

Podia ter ligado para Ela antes de sair, eu penso, me dá vontade de voltar, subir de novo para o apartamento e pegar o telefone, apontar seu número nele, ouvir sua voz dizer Alô. Não contaria, é claro, sobre o encontro com o Alvaro; telefonaria apenas para escutar sua voz, para dizer que arrumei o apartamento, que pensei, que penso nela, e que é isso, só isso, que telefonei só por telefonar e Até amanhã.

Flaubert. Em vez disso, simplesmente me perguntou, pegando meu braço para me fazer parar, estancar minha caminhada até Almapenada, ele me perguntou E aquela puta da outra noite, hein. Continuou, por causa do meu silêncio, ainda sem me soltar, continuou Mas que gostosa, que delícia ela era, e eu respondi Sim, até que sim. Parece que nem gosta de mulher, falando desse jeito, Ramon disse e eu não aguentei, não consegui me conter, tive que perguntar, tive que fazer com que ele soubesse que percebi, Você parecia estar mais preocupado com o telefone chamando em sua calça do que em comer a puta, disse.

Que telefone, Ramon quis saber, que telefone estava tocando. O seu, respondi, completei E é claro que era Bernadete quem chamava. Ramon riu, perguntou Minha mulher, perguntou Ela estava me ligando enquanto eu metia na puta, e eu respondi Sim, disse Isso mesmo, afirmei Eu sei que era ela. De onde tirou isso, Ramon disse, mais exclamando do que interrogando, eu contei Dava para ouvir o telefone vibrando no chão, no bolso da sua calça, expliquei Você até parou, sim, uma hora você parou de comer a puta, ficou lá, com o pau dentro dela, sem saber: se atendia o telefone ou se continuava fodendo. Você está maluco, Ramon disse, soltou meu braço, mas eu sabia que não estava.

Não tem problema, falei, não precisa ficar com vergonha. Vocês têm a Criança doente: Bernadete devia estar ligando para pedir alguma coisa, queria que você comprasse um remédio, talvez; dá para entender muito bem. Ramon disse Vá se foder, sem explicação, sem um bom motivo para estar irritado, e eu não insisti porque a Velha guinchou lá do Caixa, perguntou O que tanto vocês dois conversam, perguntou Está faltando trabalho, ameaçou Se estiverem muito folgados, arrumo alguma coisa para vocês fazerem, ou mando um dos dois embora. Ramon, que tinha uma mulher e uma criança retardada para alimentar, ficou parado no lugar exato onde estava, encarando a Porca, como homem: não se mexeu; eu, no entanto, que todos chamavam de o Filho do Magnata, eu fiquei com medo e fui para o outro lado da Livraria, como um rato de esgoto, mais uma vez acreditei nas ameaças da leitoa pelancuda, ou não quis pagar para ver se ela estava falando sério: sorri para o primeiro cliente que vi, perguntei Posso ajudar.

Procuro um livro mas não sei o nome, o homem disse, respondeu, percebi na hora do que se tratava, me arrependi de ter perguntado Posso ajudar, mas então já era tarde. Também não sei qual é o autor, continuou, mostrou os dentes como se sorrisse, ou se desculpasse, eu pensei É o cliente clássico das livrarias, pensei Filho da puta, e ele seguiu, repetiu Não sei o nome do livro nem do autor, eu disse Sim, perguntei Sim, fingi admiração. Mas na capa tem a imagem de uma árvore junto com mais alguma coisa, o homem explicou. Claro. É muito fácil, senhor, faça as contas, eu não disse, não respondi, não expliquei Aqui em nossa republiqueta são lançados sessenta mil livros por ano: se cinco por cento deles tiver uma árvore junto com mais alguma coisa na capa, quer dizer

Mas não. Resisto, não volto, não subo de novo, não telefono; saio: tenho que comprar as flores e as jabuticabas antes que fique muito tarde.

que temos três mil livros que podem ser o que o senhor procura, considerando a hipótese do seu livro ter sido publicado nesse último ano, pois caso contrário, o número fica ainda mais absurdo. Sim: poderia ter dito isso, ter explicado, ou simplesmente ter dito, imitando Ramon, Vá se foder; mas não, não disse, não expliquei, não xinguei: apenas respirei fundo, desolado.

Respirei fundo, desolado, e disse Poxa. O homem compreendeu sem que eu precisasse dizer mais nada. Foi embora. Geralmente esses clientes são mais obstinados, não conseguem entender como alguém pode trabalhar em uma livraria, passar o dia inteiro rodeado de livros e não saber, por exemplo, qual é o autor e o título do livro com a imagem de uma árvore junto com mais alguma coisa na capa.

Ramon, me vendo livre, se aproximou de novo, perguntou E aquela puta da outra noite, hein; eu não entendi: olhei para ele com dois pontos de interrogação no lugar dos olhos. Tinha uma boceta gostosa, ele continuou. Fiquei na dúvida sobre qual dos dois estaria louco, se era eu ou Ramon; por que é que ele começava de novo com o assunto, como se não tivéssemos acabado de conversar sobre a puta da outra noite. Mas concordei, falei Muito gostosa, e então não me aguentei, disse outra vez a mesma frase de antes, disse Mas você parecia estar mais preocupado com o telefone chamando em sua calça do que em comer a puta. Que telefone, ele perguntou intrigado, mas eu desisti de repetir tudo de novo. Fiquei sem entender, mas não me importei, talvez eu tivesse entrado em um buraco de minhoca e saído em um universo paralelo em que

Saí, fechei a porta, avancei pelo corredor escuro, pois as luzes que não queimaram tardam em acender com o sensor de presença, chamei o elevador; odeio esperar o elevador, querer descer mas não poder fazer isso imediatamente, ter que pedir, por meio de um botão, que a maquinaria venha até onde estou e, depois, pedir, por intermédio precário de outro botão, que eu seja entregue no térreo, na altura da rua. E odeio quando, como desta vez, entro no elevador e há outra pessoa dentro dele: no caso, um velho que a conversa sobre a puta ainda não tinha acontecido; forcei um riso que o Ramon paralelo aceitou como legítimo e desisti, disse Estou brincando, disse Não tinha telefone nenhum chamando.

Ramon propôs Precisamos marcar outra vez, com a mesma puta. Rolei os olhos pela Livraria, procurei Almapenada. Aceitei apenas para me livrar de Ramon, respondi Com certeza, disse Vamos marcar de novo. E fui pedir explicações: que merda era aquela do Almapenada sair requisitando rins para as pessoas.

Almapenada continua dando em cima da mulher na estante AUTOAJUDA. As problemáticas são mais fáceis de comer, eu penso, ainda que depois sejam mais difíceis de largar. Mas não sei se ele, Almapenada, não sei se neste estado em que se encontra consegue ainda meter direito em uma boceta. É provável que não; ele dá em cima das mulheres apenas por hábito, porque o macho nele ainda não morreu; sim: ele está com o pé na cova, quase morto, uma assombração perdida no mundo, mas ainda assim dá suas cantadas, se esforça para seduzir as fêmeas, qualquer fêmea que apareça pela frente, inclusive as que leem livros de autoajuda.

Mas precisa de um rim. Almapenada precisa de um rim como eu preciso de. Percebo: não dá para fazer um paralelo com base em objetos materiais, porque nada, nenhum bem satisfaz sua necessidade pornográfica. Ele precisa de um rim como eu preciso de ar, ou de água, ou de carboidratos; é isso, é assim, se não conseguir um rim

queria ser simpático e, depois de desejar Boa tarde, disse, perguntou Ouviu a trovoada dessa noite. Sorri, abanei a cabeça como se fosse surdo e não quisesse explicar que o era, ou como se fosse estrangeiro, não tivesse entendido uma palavra do que ele tinha dito; o velho insistiu, no entanto, falou Mas nada de chuva, e eu suspirei. Suspirei porque pensei em nós dois, eu e Ela; da primeira vez, na primeira noite, trovejou, ventou e não, também não caiu uma gota de chuva até o amanhecer.

Deixo o elevador, não me despeço do velho, saio do prédio, caminho pela rua do Tostes e é o caos, sim, quando chego à avenida de Outubro um caos democrático está armado. Então, é claro: eu paro. Paro e analiso: a banca de frutas, onde estão as jabuticabas, jaz ali, assustada mas ainda aberta, do outro lado da avenida, depois da manifestação. São professores que tomam a rua, as calçadas; eles têm faixas que afirmam que o salário que o Estado paga não dá para comer, nem para viver, que a educação não é artigo de luxo, e blablá blá blablablablá. Uma cambada de filhos da puta, esses professores.

ele morre, como eu morreria se colocassem uma sacola plástica em minha cabeça e não pudesse mais respirar.

Ao fim, a equação é bem simples: Almapenada precisa de um rim + se não conseguir um rim ele morre = eu tenho dois rins e por isso estou fodido. O problema passa a ser meu, não dele; a partir do momento em que Almapenada me diz É, cara, preciso de um rim, o problema passa a ser todo meu: porque é possível viver muito bem com um rim só dentro da barriga. Se eu for um doador compatível, não resta dúvida: estou fodido.

Porque não, não quero doar órgão nenhum, não quero que me tirem um rim, que o enfiem depois dentro do Almapenada. Ainda que, com isso, com meu rim enfiado dentro dele, devidamente conectado aos tubos a que se deve conectar o rim alheio para que funcione direito dentro da outra pessoa, ainda que, com isso, sua saúde melhore, ele não morra mais, volte ao normal, perca essa cor esverdeada na pele, coma de novo as mulheres decentemente, ainda assim: não quero.

Então desisto, paro a tempo, não sigo mais na direção da AUTOAJUDA. Seria ridículo: pedir explicações, me queixar com Almapenada porque ele, sem delicadeza alguma, sem preâmbulos, sem prefácio, me solicitou um rim; se eu precisasse, estivesse na mesma situação que ele, provavelmente também sairia por aí dizendo, como quem não quer nada, É, cara, preciso de um rim. Então, sim, paro, desvio meu caminho, me safo, vou em direção ao Caixa, deixo Almapenada em paz, deixo que ele cante a mulher o quanto quiser;

Quem sabe hoje é seu dia de sorte, consegue ir para a cama com ela, ou ganha pelo menos uma chupada piedosa, digo a mim mesmo e fico satisfeito com a ideia.

No Caixa, pergunto para Suzana Que horas são, aproveito que a Velha não está lá, deve ter ido forçar o intestino para fora outra vez na privada dos funcionários, aproveito que ela não está lá para me sentar, descansar um pouco. Ainda é cedo, o expediente demora para terminar, é isso que Suzana me conta quando diz São três e quinze. Me desespero. Penso em Marie, repito, recito para mim mesmo a receita das boules au poulet, revejo mentalmente o passo a passo para a preparação do prato, me lembro das garrafas de vinho, dos cabelos dela, dos seios que continuam pequenos, tão discretos debaixo da roupa; fico com o pau a meio caminho de estar duro. Disfarço o volume dentro da calça, olho na direção do Almapenada e então eu entendo.

Puta merda, penso, digo em voz alta, Puta que pariu, Suzana não sabe o que foi, mas ri, porque é engraçado ouvir alguém falando sozinho, Caralho, e mais engraçado ainda quando o que a pessoa diz é um monte de palavrões. De repente me dou conta, percebo o que ele, Almapenada, o que ele estava, está fazendo na estante AUTOAJUDA esse tempo todo. Por isso digo Puta merda, Puta que pariu, digo Caralho, e saio quase correndo pela Livraria, para cima dele. Não, ele não está cantando a mulher, não está há mais de meia hora tentando convencer a cliente a lhe abrir as pernas, como um Don Juan

Não dá para esperar que a manifestação passe, acabe, libere a rua para que eu possa atravessar, chegar à banca de frutas e comprar as jabuticabas: já é tarde, e ainda preciso encontrar, depois, eu me lembro, ainda preciso encontrar as flores. Tenho que enfrentar os professores, não há outro jeito. Fecho os olhos, metaforicamente, fecho os olhos e me meto, sem escolha, no meio deles, me misturo na passeata, como se também protestasse, pedisse aumento, como se também me achasse grande coisa. E dá errado, é claro, dá tudo errado e xingo Puta merda, me pergunto Por que saí de casa; sim, xingo e me pergunto isso assim que vejo a polícia vindo na direção contrária, e pela rua lateral também, e a primeira bomba de gás lacrimogêneo explode em algum canto, com um barulho tão alto que me deixa com medo de não conseguir ouvir as músicas do Bartók outra vez.

moribundo, ou mendigando um boquete: Almapenada está pedindo um rim. O canalha, o filho da puta, o safado, o brocha, ele está pedindo um rim, convencendo a mulher a lhe doar um órgão.

Isso é completamente imoral, não sei por quê, mas é, algo me diz que é imoral, que não pode ser assim; eu intuo, sinto: não está certo. E cabe a mim, esse é meu azar, cabe justamente a mim impedir que aconteça, pois só eu sei, só eu percebi. Sim: sobrou para mim salvar a mulher, e ainda ensinar ao bastardo, ao Almapenada, lhe dizer Tudo tem um limite.

Logo agora minha vida vai começar a se complicar. Puta merda. Grande filho da puta. Meu sangue é O negativo, eu digo, berro no meio da Livraria. Talvez seja mentira, mas não importa. Chego ao lado dos dois, que param de conversar e me olham, atônitos, repito para Almapenada, afasto a mulher do lado dele e repito Meu sangue é O negativo, pergunto Que exames mais preciso fazer.

10.

Era como se deus tivesse arreado as calças, cagado sobre a cidade inteira, com força e com raiva. Os estrondos, ainda os ouço, mas agora estão longe; pausados, são os arrotos de deus, são os peidos, os peidos do porco, do filho da puta: atrasados, eles escapam pela bunda suja, pelo cu frouxo depois que acabou de largar a bosta toda. E o final da história: deus subiu as calças, o cão, o imbecil subiu as calças, saiu da posição de cagar e esqueceu o mundo outra vez.

Já não é tão forte a chuva. Caminhava pelas ruas, de repente sóbrio. Ele não queria mais vomitar, minha cabeça parou de doer, os prédios que sobraram em pé não giravam a seu redor, como as paredes do bar giravam antes, enlouquecidas, todas aquelas caras ainda tão sorridentes. O porre tinha passado, o mundo acabou de novo, como ela costuma dizer; dessa vez parece que é de verdade, literalmente, acabou, foi também o que disseram depois, nos jornais, na televisão: parecia que era o fim do mundo; e foi.

Caminho pelas ruas, de repente sóbrio, a chuva já não era tão forte; não tenho mais vontade de vomitar. As luzes todas se apagaram quando o fim começou; ainda não tinham voltado a se acender, não voltariam tão cedo, a luz do dia chegará primeiro, ingênua, como se nada tivesse aconte-

A avenida de Outubro se transforma em um campo de batalha: os professores, quando veem a polícia, eles desistem, não querem mais a passeata pacífica, democrática, a reivindicação dos direitos, e passam para o confronto. No meio da briga toda, estou eu, sim, eu, que odeio os professores e odeio também a polícia, eu estou aqui, preso no meio da multidão, sem saber o que fazer, mas ainda pensando em flores e jabuticabas.

Vitrines de lojas são estilhaçadas pelas pedras que alçam voo, gratuitamente, placas de trânsito são arrancadas, os carros estacionados têm os vidros quebrados, enormes vasos, com alguma espécie de palmeira, que adornavam a entrada de um prédio comercial, são arrastados até o meio da rua pelos professores: estão armadas as barricadas.

cido. Não sei que horas são. Caminho, vou sem conseguir entender o que aconteceu, ninguém entendia; o céu está nublado, chove. Penso, me pergunto se estão bem.

Não apertou o passo, não se desesperou. A ideia de que talvez elas tivessem morrido, que seu prédio também tivesse escorrido abaixo junto com a merda toda, junto com a terra e com a água, com a lama, a ideia caminha a seu lado; mas eu continuo, sigo pelas ruas, não apresso o passo. Não choro. As pessoas começaram a aparecer, mal as consigo ver, e ele continuou, caminhava, eu sigo.

Conforme passava pelas ruas, se dava conta: pouca coisa havia sobrado intacta na cidade. Penso, não conseguiu escapar de pensar, penso em seus corpos misturados à terra, à bosta que vazou do céu, pelo cu arrombado do deus porco, os corpos delas: ele os via rasgados, quietos, irremediavelmente mudos. Misturados os cabelos com os tijolos dos quartos, os braços com os móveis da sala, tudo junto, prensado, as pernas entre os restos da geladeira e a televisão. E os três andares que havia por cima do nosso, se desmoronaram mesmo, sepultam agora os corpos que elas foram.

Não choro, ainda assim ele não chorava, apenas sigo, caminhava na direção de casa. Para constatar, para ter a certeza. Porque, quando acontece uma coisa dessas, o que se faz é voltar para casa; foi o que ele pensou, o que fez, fazia, foi o que fizeram. Conforme ando, mais pessoas emergem, saíam das casas que tinham sobrado em pé, aos poucos ele conseguia ver seus rostos, reparo nos corpos, todos tatuados de medo. São como zumbis, comparou, não se deu conta de que também ele era, fazia parte da coorte de zumbis que caminhava pela cidade avariada, como nos filmes a que tantas vezes tinha assistido sem querer. Não sabem o que fazer, para onde ir, constatava, continuou andando.

As ruas se enchem, cada vez mais gente, ele caminhava e as ruas se enchiam, as primeiras sirenes começavam a ser ouvidas; mas estou sozinho, nunca se sentiu tão só. Sou o náufrago, aquele que restou; ele seria para sempre, a partir daquele momento, o que tinha escapado, o que teria que arcar com a vida, com o azar de ter sobrevivido. Quando o dia chegasse, em algumas horas, a meus olhos caberá testemunhar as ruínas.

Ele terá as mãos enfiadas no meio da lama, buscando os corpos entre os escombros. Procurará os corpos delas, mas também os outros corpos, os outros restos, em outros escombros. Por dias inteiros, como voluntário, a merda será seu legado; os mortos, os gritos, os choros são a parte que agora me cabe deste mundo. E não haverá covas que deem conta de tanta gente morta: ficarão pelas ruas, esperando, cobertos com lonas, ocupando espaço e fedendo.

Deus filho da puta, tarado, cão preguiçoso, deus desgraçado, ele pensa, eu penso. E então ri. Quando chego na Praça das Rosas, vejo a igreja, constata que ela foi enrabada, por isso ri, eu olho para a cruz, equilibrada lá em cima da torre, e rio. Deus, o sodomita, tinha enfiado o pau pelos fundos da capela, tinha estuprado as paredes e,

A polícia atira balas de borracha, lança bombas, dá golpes de cassetete, sempre bem protegida atrás de escudos covardes. Mas a manada dos professores não se dispersa; eles enfrentam os policiais que recuam, se reagrupam e depois avançam de novo, com a violência ao quadrado.

Se deus existe, eu disse a Ela um dia, as jabuticabas são a prova irrefutável de sua existência; Ela riu, olhou desconsolada para dentro da xícara de café, vazia, riu e eu expliquei, disse São algo tão perfeito, as jabuticabas, com um gosto tão miraculoso, que não é possível que sejam obra do acaso darwiniano: não, me recuso a aceitar isso. Ela se divertiu mais, eu continuei, concluí Sim, deus existe e, em algum momento, ele parou toda a criação, pediu silêncio e Agora vou fazer as jabuticabas.

Eu nunca comi jabuticabas, Ela disse, inesperadamente, não tenho a mínima ideia do que você está falando.

arrombada, a igreja vomitava tudo pela porta da frente: a bosta, a porra de deus, a terra do morro que desceu e levou junto os genuflexórios, os bonecos que enfeitavam o altar, tudo estava ali cuspido, esporrado pela praça inteira.

Atravesso a rua, vejo, satisfeito: a igreja estava destruída, o morro senta em cima dela. Cristo pregava de ponta-cabeça, com a cara enfiada na lama, eu reparo, ainda rio, ele riu mas não parou, continuou andando. A igreja é um cu esgarçado, violado pelo próprio deus misericordioso, e isso, no meio de todo o caos, pareceu ser a única pontada de lucidez, ou de justiça.

Subiu a rua. Os crentes não vão ter mais onde rezar. Não vai lhes restar mais nada além da política que quiseram tanto, ele pensou, subiu a rua, a minha rua, onde moro, e não riu mais. Mas também não choro. Mesmo quando viu os carros acasalando, estão uns por cima dos outros, como cães no cio, a lama cobre a rua, a merda; ele seguiu andando, se equilibrou por cima dos muros, dos carros, pelos telhados das casas que tinham sobrado. Só que não tinha mais aonde chegar.

Porque acabou, percebo logo, sem precisar seguir muito. O prédio onde morávamos, o prédio ao lado, a casa da frente: não estão mais de pé. Eu paro. Não tenho aonde chegar. Ele para, se apoia sobre os escombros que, antes, ordenados do jeito certo, formavam uma casa. Eu paro, não choro, ele espera, pensa, alguém aparece, o reconhece, sabe que eu morava ali, mas não diz nada.

Passa um helicóptero, dá voltas, depois foi embora. É melhor não chegar mais perto, alguém disse, eu penso que não adianta, Ainda tem risco de desabamento, alguém diz; depois ficaria claro que ele tinha razão: é tarde demais. Ainda que corpos serão retirados com vida de escombros mais apocalípticos do que aqueles. Era tarde demais. Ele escapou.

Pás, retroescavadeiras, caminhões dos bombeiros vindos das cidades vizinhas, voluntários, eu entre eles, barracas do exército, pessoas de branco, incrivelmente limpas no meio de tanta sujeira, corpos e pedaços de corpos, a dificuldade de os identificar, móveis misturados à lama, o sol surgindo entre as nuvens, um cachorro farejando o entulho separado em um canto, uma porca, choro e mais choro, alguns abraços, galões com água potável passando de mão em mão, um galo cantando, a equipe de televisão, a repórter, o câmera, o mesmo helicóptero passando de novo, ou talvez um helicóptero diferente, as doações de roupas, os caminhões com móveis, o lixo, tudo o que não era, mas virou lixo, as ruas que sumiram, as casas que sumiram, os prédios que sumiram, as pessoas aplaudindo toda vez que sai alguém vivo dos montes de merda, de bosta, e não serão muitos, os pratos quebrados, os brinquedos perdidos, os livros molhados sendo relidos pela terra estúpida, as cadeiras, as mesas, uma gravata, um pedaço de pão, panelas, uma colher, dois garfos, um lápis de cor, uma garrafa de whisky por milagre intacta, travesseiros, pedaços de uma cama, uma porta inutilmente aberta, o varal de pendurar roupas ainda de pé e os sapatos.

Vou ser acertado por uma pedra, ou por um tiro, ou por estilhaços de bomba; ou pior, vou ser preso, vão pensar que sou um desses aí, professor também, frustrado e injustiçado. Mas não, puta merda, isso não, de jeito nenhum. Desisto. Não será ainda dessa vez que Ela se convencerá da existência de deus, nem que chegará em meu apartamento e terá, sobre a mesa, um vaso cheio de flores amarelas. Desisto. É melhor assim do que ter que telefonar para Ela, dizer Estou na delegacia, ou Estou no hospital. Então corro. Desisto, perco o amor a minha autoimagem e corro: fujo, vou pelo meio dos professores, trombando neles, ridículo e desesperado eu corro, volto para o prédio, para o elevador, para meu reino de trinta e sete metros quadrados. A salvo, me sirvo com as mãos chacoalhando uma dose de whisky. Daqui não saio mais, decido, tranco a porta; não saio mais até Ela chegar, amanhã de manhã.

11.

Telefonei para a Corretora, disse Queria ver o apartamento.

Não sei por que marcamos hora: cheguei no horário combinado, fiquei esperando embaixo do prédio; ela apareceu quando quis. Como quando saíamos para passear com seu cachorro, eu interfonava, você dizia Estou descendo, e demorava ainda uma pequena eternidade para que a porta da rua se abrisse, você beijasse meu rosto sem encostar os lábios, saísse correndo pela calçada, arrastada pelo cão amarelo.

Mas, afinal, ela é irmã da sua mãe, pelo que entendi. Pouco profissional dizer que era da família; e desnecessário. Serviu apenas para explicar o atraso: os negócios em família sempre são porcos. Ela não parece, de qualquer forma, parente sua quando me lembro de seus cabelos, da cor do trigo, ou da colza, de seus avós em Auschwitz, de seu pai perdido em Cracóvia como adido cultural francês.

Subimos.

Os corretores de imóveis são seres pegajosos, por natureza.

Meu pai, o Magnata, como o chamam lá na Livraria, inventava nomes para si quando negociava imóveis, dizia Eduardo, Carlos, José. O

Não saio de meu apartamento, não desço mais, repito para mim mesmo, confiro que a porta está trancada; a segunda dose de whisky termina enquanto olho pela janela o tumulto da avenida de Outubro se alastrar também pela rua do Tostes, a minha rua. A coisa ficou séria, a balbúrdia, a manifestação: eu podia ter sido preso, ou atingido por uma pedra. Não desço mais de meu décimo segundo andar; nem jabuticabas nem flores, nada me tira mais daqui de dentro.

Deixo a janela, acabo o whisky, começo outra dose; já é noite, o apartamento está limpo, a roupa de cama está trocada, o guarda-roupa arrumado, o banheiro desinfetado, o presente para Ela está comprado, não exatamente o que eu queria, os concertos para piano do Bartók, mas o livro do Benedetti, *A trégua*, que também vai funcionar. Falta agora apenas cozinhar, deixar o almoço de amanhã já preparado e depois esperar, ver passar cada minuto até Ela chegar pela manhã.

problema é que isso não adiantava: os corretores saltavam o nome, verdadeiro ou falso, aderiam a sua pele, babavam sobre ele, pediam o número do telefone, insistiam para que visitasse outro imóvel, e mais outro, para que visse a cozinha, Como é grande a cozinha, olhasse a vista da janela, Absolutamente livre: pelo menos seis horas diárias de sol.

Depois ele esquecia, meu pai, esquecia o nome que tinha usado com cada corretor, esquecia como eram os apartamentos, dizia que não ia comprar mais nenhum. E então comprava.

Comprava, alugava, vendia, e comprava de novo, tornava a alugar. Era o que fazia, a vida já passada da metade; não queria mais construir ele mesmo os prédios, depois alugar, vender, construir mais uma vez, tornar a alugar, vender: tinha cansado.

É claro que não o levei comigo naquele dia, para visitar seu apartamento, ouvir sua tia dizer A cozinha é fantástica, e com essa porta você isola a sala do restante do apartamento: é ótimo para quando for dar uma festa. Depois lhe mostro a piscina do prédio.

Vocês davam muitas festas, suponho.

Só pensei em levar o Magnata dois dias depois, quando tive febre. Sim, dois dias depois tive febre, quis estar de novo dentro de seu quarto, do banheiro, de sua cozinha fantástica, abrir e fechar mais uma vez a porta que isola a sala do restante do apartamento.

Podia ter telefonado para a Corretora, podia ter dito Mudei de ideia: adorei o imóvel. Inventava ainda Queria levar um arquiteto comigo, para me dar uma opinião. Meu pai teria ido, ele adorava usar nomes falsos, fazer um corretor de idiota, gastar seu tempo à toa, o dos outros também. Mas ele não foi, eu não fui. Não telefonei, a febre passou; não voltei mais lá.

Não me preocupo muito com o tipo da carne, mas é claro que faz diferença depois que está tudo pronto. Peça alcatra, e que moam duas vezes, se possível.

Noz-moscada, coentro em pó, pimenta-do--reino, um pouco de vinagre de vinho branco e sal: a carne moída, temperada com tudo isso, tem que repousar por pelo menos vinte minutos. Depois fazemos as bolinhas.

Separo, sobre a pia da cozinha, todos os ingredientes, os que comprei no mercado, mais cedo, os que já estavam na geladeira e os temperos.

Não, por favor, pare de se preocupar, não tem problema você ter esquecido; inventamos depois alguma coisa para a sobremesa. Eu, na verdade, nem gosto de sorvete.

Me deixa servir um pouco mais de vinho para você.

Um detalhe importante do prato é a cebola. Tem que ter muita cebola, e bem picada. Por causa do molho, por causa do casamento dos gostos; depois você vai entender.

Manteiga é sempre melhor do que margarina, não preciso dizer. E não ouse pôr farinha de trigo para engrossar o molho, nem para nada, nunca; isso é trapaça; farinha é só para fazer bolo, ou pão.

Nunca imaginei que a porta de seu apartamento fosse apenas madeira envernizada, sem pintura. Coisa boba, mas sempre pensei que fosse branca;

e claro: sem aqueles detalhes entalhados por todos os lados, de aspecto quase barroco.

O capacho sorria, ao pé da porta, dizia Welcome. É difícil achar um capacho que diga Powitanie, eu sei, o polonês não é uma língua corrente, mesmo após a globalização, até mesmo o Bienvenue seria difícil de encontrar. Você limpava os sapatos ali, toda vez que chegava em casa, me perguntei. Duvido.

Entra, pode entrar, a Corretora disse, a irmã da sua mãe, e eu disse Não, espera um pouco, quero ver melhor daqui do corredor, um instante só, um minuto e já entro. Meu músculo cardíaco estava em sobressalto; é ridículo, concordo, sei muito bem, mas o sangue subia e descia pelo circuito de meu corpo como carros em uma pista de corrida.

Nunca fui, nunca entrei em sua casa; ainda que Ela me diga como é, que descreva o quarto, ou a cozinha, que eu veja alguma foto em que o fundo conte dos objetos, dos espaços que a rodeiam, nunca vou poder saber de verdade, ver, sentir o cheiro, porque depois da tarde de hoje, do encontro com o Alvaro, certamente ficou impossível: eu receber um convite amistoso para uma daquelas festas ou jantares em que chamam gente de tudo que é tipo, eu tocar também a campainha e me receberem, dizerem Bom dia, ou Boa tarde, Boa noite, eu entrar e estar lá, em sua casa, sorridente e educado, na casa deles; isso nunca vai acontecer.

Perguntei A campainha funciona, apenas para ganhar tempo, ela disse Claro, veja você mesmo, pode tocar. Como não apertei o botão a Corretora o fez, não uma, mas três vezes. E um som doce, musical, caminhou de dentro do apartamento, manso, anunciou que eu estava à porta, uma tulipa vermelha na mão, uma garrafa de vinho caro em uma sacola de papelão própria para vinhos, um Châteauneuf-du-Pape, quem sabe, você abriu a porta sorrindo e, não, tudo bem, isso nunca aconteceu, você tem razão.

Mas você não quer entrar, insistiu sua tia, perguntou; a Corretora depois disse, estendendo a mão, Venha, por favor, você vai adorar o apartamento. É muito cômico, tenho consciência disso, mas: entrei com os olhos fechados.

Um dia descobri que Veneza era muito maior do que tinha imaginado.

Veneza vai além dos canais fedorentos, das construções antigas: há toda uma cidade seca chamada Veneza, além da Veneza alagada que a gente vê nas fotos, lê nos livros; cidade comum, latina, com postos de gasolina, supermercados, escolas para crianças retardadas, farmácias e prédios de apartamentos.

Como folhas inteiras de prosa densa depois de uma página de poesia. Ruas ordinárias onde não se suspeita o palácio do Doge, as gôndolas, a basílica de São Marcos com ou sem as pombas, o Grande Canal, as pontes, as fábricas de vidro colorido.

Ao contrário de todo mundo, guardo a lembrança dessa Veneza, cheia de ruas, não da outra, a dos canais. Uma praça comum onde sentamos, eu, quieto, e meu pai, o Magnata, reclamando do serviço do hotel; do outro lado, uma mulher de uns trinta e cinco anos, a criança brincando sob seus olhos; o sol pálido e insignificante.

Naquela época, eu ia ser compositor. Ainda adolescente, faltava aprender todos os degraus de ir falhando a vida, mas hoje sei: o destino de toda gente é trair a criança que era. O tempo passou; em vez de notas musicais, escrevi palavras, ainda escrevo, livros que talvez um dia sejam vendidos na Livraria, por algum vendedor que não serei mais eu.

Meu pai, que sabia de tudo, se esqueceu: de me avisar que eu daria errado, que todo mundo dá; podia ter dito, naquela tarde mesmo, na Veneza

Em vez de cozinhar, pego a garrafa de whisky, sirvo mais uma dose, bebo. Os ingredientes estão todos separados sobre a pia da cozinha, mas eu, de repente melancólico, fico pensando em vez de picar a cebola, me lembrando em vez de temperar a carne. A nós dois caberá só este apartamento de trinta e sete metros quadrados, além de esporádicos quartos de hotel, constato com a sobriedade da embriaguez; nós nunca teremos uma casa em comum, nossa, eu sei, vejo claramente, serão sempre esses encontros clandestinos, e depois o nada.

Mas, apesar de nossa falta de futuro, de tudo o que nos é proibido, nós fazemos planos também, sonhamos como todos os casais de todo o mundo sonham, e na cama, depois de transar, com sua cabeça em meu peito, nós já dissemos muitas vezes Praga, Budapeste, Varsóvia, São Petersburgo, e também dissemos Paris, é claro, e Lisboa e Milão.

real sem os canais, Você nunca vai compor uma sinfonia, um concerto, um desses quartetos de cordas, vai ter um emprego de merda, só para sobreviver, vai passar anos tentando publicar um romancezinho, e isso já vai ser sua vida inteira. Nunca disse; sabia apenas reclamar do hotel, ou de outra coisa, de tudo o que não recordo mais.

De noite, enquanto jantávamos, contei a ele: gostava de alguém, você, que tinha ficado me esperando, era mentira, e que eu mandaria um cartão-postal quando chegasse a Roma, o correio do Vaticano é o mais rápido do mundo. O Magnata de novo não disse nada, eu não falei mais, tinha ainda muito a dizer. Ele podia também ter me mostrado, já naquela hora, Ela não está esperando por você, vai rir de seu cartão-postal; podia ter dito Você nunca vai saber o gosto da boca dela.

A criança que eu era sobreviveu um dia a mais, não suspeitou do homem, eu, que depois iria se lembrar dela com um sorriso de troça no rosto, não suspeitou de seu cadáver enterrado debaixo da vida real. Sim: penso hoje que as duas caras de Veneza são como a vida; eu sei, é ridículo simpli-·ficar o mundo em pares de opostos, brincadeira maniqueísta, mas, como toda a gente, às vezes não resisto. E digo: a Veneza dos canais um dia vai afundar, desaparecer; é assim que tem que ser.

Estava de olhos fechados, entrei no apartamento assim, e sua tia disse, a Corretora, É muito bom que ainda esteja com os móveis: para você ter uma ideia de tudo o que cabe aqui dentro. Subi as pálpebras. Veja, é muito espaçoso. Arregalei os olhos. Mas não se preocupe, se fechar o negócio, o apartamento estará vazio no dia seguinte. Puta merda, pensei, repeti Puta merda, acho mesmo que disse, baixinho, Puta merda, porque olhei a sala, engoli a sala com as retinas, a sala inteira, mobiliada, as cortinas, a mesa, o sofá, as cadeiras, e tive certeza: deus existe, qualquer um que seja, cristão, mulçumano, hindu, grego ou asteca, ele existe e se não me ama ao menos gosta, um pouco que seja, de mim.

Um dia andava por sua rua, olhei a janela de seu quarto, lá estava, dizia Vende-se, a placa com o número do telefone que eu disquei, disse Queria ver o apartamento. Sabia que você tinha se mudado da Ilhota para a Capital fazia alguns anos, para estudar. Pensei uma semana inteira se devia ligar. Vende-se, estava escrito. Era a oportunidade de ver o apartamento que nunca tinha conhecido, de relembrar você, agora que eu havia matado a criança da qual você riu, agora que era tarde demais, que não tínhamos mais contato algum, que já não nos falávamos, não morávamos na mesma cidade. Mas relembrar você para quê, eu me perguntei; você sabe a resposta, suponho, e não importa, ao fim, pois nos encontramos na Livraria, inesperadamente, você comprou o Flaubert, eu lhe pedi para roubar os livros do Tolstoi, e agora estamos aqui.

Durante a semana em que pensei se ligava, se não ligava, se ligava, imaginei o apartamento em detalhes, espaços que você preenchia, janelas onde se debruçava, espiava os vizinhos, portas por onde passava; mas vazio, claro, imaginei o apartamento

Me sento no sofá, o copo de whisky na mão, sempre esvaziando; mais uma vez procuro uma solução, repasso todas as questões, as variáveis, tento chegar a uma síntese sobre nós dois, eu e Ela, achar a chave que nos livre da clandestinidade, dos encontros ultrassecretos, das mentiras sempre trabalhosas demais. Mas a resposta é tão simples, chego novamente a ela, à solução, ao fim de todos os nossos problemas: Ela deixa o Alvaro, traz suas coisas e vem viver aqui, comigo, ou nos mudamos para outro lugar, um apartamento maior: nós dois, juntos, oficialmente juntos. Também mais uma vez, no entanto, junto com a solução tão simples vem a constatação, o murro na cara, a merda que tenho que engolir sempre de novo, todo dia, o fato simples e claro e objetivo de que Ela não quer.

Ouço um estrondo, depois outro; estouram bombas de novo lá embaixo, mas não me levanto, não vou até a janela para olhar, mesmo que o barulho seja tão alto que os vidros tremam, aqui no décimo segundo andar; não me levanto, não me importo com os professores enfrentando a polícia, apenas repito para mim mesmo: Ela não quer. Sim, é isso, Ela não quer, e não estamos juntos, por exemplo, neste exato momento, ouvindo os estrondos das bombas com que os policiais tentam conter os manifestantes, tática bastante semelhante, em essência, ao que fazem esses mesmos manifestantes com as crianças de quem deveriam ser os professores: não estamos juntos, agora, neste exato momento, simplesmente porque Ela não quer.

sempre completamente vazio. Vazio, oco, cheio de pó, pronto para ser vendido: sem cortinas, sem plantas, sem sua cama, suas fotos, sem a tampa da privada em que você se sentava, sua escova de dentes, suas roupas, a mesa em que jantava.

Então a Corretora disse É muito bom que ainda esteja com os móveis, e eu disse Puta merda, devo mesmo ter berrado, radiante, Puta merda, ponto de exclamação. Abri os olhos e estava tudo lá, como naqueles milagres dos filmes americanos que passam perto do natal. Sua casa, suas coisas, tudo como sempre fora, como eu devia ter visto se você não tivesse rido, mas me convidado, uma tarde, uma noite, me apresentado para sua mãe Este é Bernardo, eu teria dito Boa tarde, ou Boa noite, muito prazer, e teria engolido com minhas retinas os móveis do mesmo jeito, com a mesma gulodice, a mesma ânsia de náufrago. Nunca me curei de você.

Disse Puta merda, mas depois encenei um bocejo, confirmei com a Corretora, perguntei Tem certeza de que não preciso me preocupar com esses móveis. Ela contou os últimos lances de sua vida, tentando me distrair. Continuei no meu papel, disse Já tive muito problema comprando imóveis assim, porque o proprietário depois diz Não tenho para onde ir, pede um mês para fazer a mudança, não entrega as chaves; é um inferno, eu disse, concluí. Ela confirmou que você estava na Capital, que logo se casaria, que sua mãe se mudaria para o interior, que queria viver no campo; por isso vendiam o apartamento. Eu insisti Não gosto de comprar imóveis que ainda estão mobiliados. Adoro ser antipático.

O frango você tempera apenas com pimenta branca, sal e vinho branco seco. Sim, use apenas essas coxinhas que os frangos têm nas asas: não as asas propriamente ditas, nem as coxas, ou as sobrecoxas. E é preciso limpar, tirar a pele, a gordura, toda a porcariada que vem junto.

Depois deixa pegando gosto no tempero.

Enquanto isso, precisa fazer as bolinhas com a carne moída. Não são almôndegas: não vão levar farinha, nem miolo de pão, nem gema de ovo: nada além de carne. Carne que deve ser bem prensada, apertada forte, para que fique com uma consistência firme.

Imagino que devia encher o saco ouvir as brigas do casal gay do andar de cima, toda semana. Mas, é claro, não foi por isso que vocês venderam o apartamento. A Corretora, sua tia, não disse nada sobre o barulho, sobre as discussões, as pancadarias; mas ela nem suspeitava tudo o que eu sabia, o que você já tinha me contado sobre a vizinhança. A mulher trepando com o cachorro, por exemplo. Isso eu queria ter visto; compraria o apartamento só para poder ver. Mas ela também não comentou, não disse nada.

Não, mentira, eu estou só brincando. Me dá sua taça. Não dá certo cozinhar com a taça vazia.

E da próxima vez é você quem cozinha. Faz algum prato polonês, ou judaico; e me ensina. Pode fazer krupnick.

Tem razão, eu nunca conseguiria fazer comida kosher, ainda que tivesse nascido judeu. Mas é por isso que cozinho tão bem; não lavar os ingredientes, nem as mãos, ajuda a acentuar

Sim, em vez de me levantar e ir até a janela, como seria normal, pois a curiosidade é um dos tantos defeitos que nos faz humanos, em vez de ir até a janela assistir às bombas estourarem, aos professores apanharem, fico aqui pensando, no sofá, pensando em nós dois. Mas não, chega. Paro, faço o que já deveria ter feito antes: deixo de filosofar, de ruminar o que Ela quer ou não quer, e vou até a pia da cozinha; tempero a carne para o almoço de amanhã.

os sabores; li isso em algum lugar, ou talvez seja um provérbio chinês.

Em Varsóvia, antes de chegar a Veneza, não tinha doído o suficiente; no ano seguinte consegui convencer o Magnata, fomos turistar em Cracóvia e doeu menos ainda, passamos outra vez por Varsóvia e você não doía mais nada, talvez nunca tenha doído; no Palácio da Ilha, no Parque Łazienki, onde um piano preto cantava um Chopin contido demais, você sumiu por completo, apareceu de novo só em Auschwitz, um espinho amargo mas muito pouco sincero. É assim, o amor morre. Me esqueci do *Quebra-nozes* que você não dançou, do *Coppélia* a que não assisti, de sua risada, de toda a felicidade que escorria no mijo do cachorro amarelo; até que li a placa Vende-se.

> Tempero a carne com: noz-moscada, coentro, pimenta-do-reino e sal.

Ele estava certo, meu pai, sobre você, sobre mim em relação a você. Besteira, foi o que ele disse quando ficou mudo, em Veneza, enquanto jantávamos, e eu jurei que ele nunca estaria certo de novo, que dali em diante ele erraria em suas profecias, naufragaria sempre em seus conselhos.

Por isso me casei com Cecilia, a mulher no porta-retratos, que você perguntou quem era: para que ele não tivesse razão; mas depois de algum tempo nós nos separamos e lá estava ele, de novo, com seu sorriso certeiro. Mas então errou sobre Nossa Senhora de Guadalupe, sobre Ania, sobre Jacqueline, Teresa; eu as deixei para que ele nunca mais estivesse certo.

> E se Ela não vier, eu me pergunto depois de temperar a carne moída, me pergunto e

Em Cracóvia, compramos ovos de madeira com flores pintadas à mão. Nunca entendemos para que serviam. Meu pai depois os vendeu, vendeu muita coisa sem necessidade alguma, apenas para se ver livre dos objetos, das lembranças, as matrioskas russas, por exemplo, a réplica da torre Eiffel; mas guardei um dos ovos escondido na estante de livros, tão inútil como sempre foi.

Estranho ter ido tão longe para tentar estar mais perto de você, Varsóvia, Cracóvia, Auschwitz, que morava a sete quadras de mim. É compreensível que nunca tenha dado certo. E era tudo tão ridículo, o que eu sentia, que sua risada, ainda hoje, fica como o resumo perfeito daqueles anos adolescentes tão mal gastos.

Não, não fique sem graça. Obrigado, muito obrigado por ter rido quando eu disse que a amava.

A Corretora me mostrou a sala, sem cerimônia, objetivamente: ampla, três ambientes, com varanda mobiliável, portas de vidro, Nos domingos costumavam servir os almoços aqui, disse, acomodavam perfeitamente oito, dez pessoas. É difícil encontrar tanto espaço nos apartamentos novos; se você já viu outros imóveis, sabe do que estou falando.

Quem vocês chamavam aos domingos, para os almoços. Oito, dez pessoas.

Fiquei olhando o sofá verde; parecia macio. Você deitada nele, assistindo à televisão de tarde, dormindo depois do almoço, vendo novela à noite. Vestia roupas leves, de ficar em casa, os cabelos presos com desleixo, a boca cheia de bocejos. Os olhos cor de mel, cansados, de madrugada, pis-

me surpreendo com a simplicidade da ideia, por não ter cogitado antes essa possibilidade, esta: de que Ela pode, amanhã de manhã, não subir pelo elevador, não tocar a campainha, não entrar em meu apartamento: não vir.

Paro outra vez, deixo de novo os ingredientes esperando sobre a pia, não pico nem refogo a cebola, não tempero o frango: não cozinho. Volto a me largar sobre o sofá, revejo o encontro com o Alvaro, tento me lembrar de minhas falas, me lembrar do que ele disse, respondeu, porque, sim, pode ser que tenha percebido, descoberto, posso ter me traído em algum gesto, em alguma frase, nos cigarros excessivos que fumei, em não o ter convidado para vir a meu apartamento, já que tínhamos nos encontrado quase em frente ao prédio onde moro; em algum momento posso ter me traído e revelado ao Alvaro minha relação com Ela.

Por isso o Alvaro sorriu daquele jeito estranho, mais de uma vez, me olhando enviesado, porque já sabia, já sabe que Ela o trai comigo, e por isso encenou a comédia do jornalista desesperado, atrás da entrevista impossível. É claro, não conheço o tal diretor de cinema, Otavio Könnig, o Alvaro nunca duvidou disso, sabia que eu não poderia conseguir a entrevista: apenas brincava, jogava comigo, o filho da puta se divertia enquanto eu achava que era ele o palhaço.

cando, você teimando em não dormir, querendo saber o final do filme.

O cão amarelo se sentava a seus pés. Se deitava no sofá junto com você.

Sorri quando vi uma fotografia sua, ainda criança. Estava desbotada, mas dava para ver que sua covinha no queixo já existia, que existia desde sempre, desde a barriga de sua mãe, talvez de antes do útero.

Fui apresentado a seu irmão. Ele mostrava os dentes, sempre satisfeito, a seu lado e abaixo de você, preso em outros porta-retratos, também bastante desbotado, ele, como se quisesse desaparecer, se fundir no branco da parede. Sua mãe disse Bom dia, muito prazer, de trás do vidro de um porta-retratos duplo, com mais cores que vocês dois, e seu pai havia sido despregado de todas as paredes, meticulosamente, depois do divórcio: não vi foto de homem algum que pudesse se passar por ele.

Sua tia quis me levar, depois da sala, pelo corredor onde desembocavam os quartos, mas eu disse Não, não, por favor, não: queria antes dar uma olhada na cozinha. Ela é teimosa, percebi desde o começo. Fingiu que era surda, abriu a porta do lavabo, acendeu a luz, eu repeti Queria ver a cozinha, ela seguiu pelo corredor, obstinada, disse Os quartos são também muito espaçosos, o último é a suíte master.

Como ela se mostrasse tão recalcitrante, não entendesse que os quartos, o seu quarto, era todo o deleite que eu esperava do apartamento, que queria fruir apenas no fim, não tive outra opção além de perguntar A área de serviço tem espaço para pôr uma máquina de lavar roupas, pelo menos.

Há truques que nunca falham.

Ela parou no meio do corredor, voltou em minha direção. Tenho a impressão de que estava pálida; talvez suasse frio. Mas não disse uma palavra sequer. O orgulho ferido, atravessou a cozinha, muito espaçosa, com uma pia ampla, lugar para uma mesa de quatro lugares, duas geladeiras, E muito bem ventilada, olha essas janelas, é importantíssimo quando se faz fritura; ela atravessou a cozinha e se deixou ficar, imóvel, exatamente no centro da área de serviço.

Tinha um sorriso irônico nos lábios. Eu, que não queria criar atrito, tendo conseguido adiar a visita aos quartos, dei a ela uma esmola, sorri com falsa admiração, disse Oh, disse É realmente tão espaçosa, ponto de exclamação. É como dizer a uma mulher que seus cabelos estão lindos. Ela se derreteu, molhada.

Há muita coisa que a gente não imagina. Mesmo quando se é otimista ao extremo. Eu, ao contrário do Leibniz: acho que tudo acontece pelo pior, no pior dos mundos possíveis. Mas havia roupa pendurada no varal.

Ela se desculpou, a irmã de sua mãe, mais que a Corretora, disse Preciso recolher essa roupa depois. Às vezes eles ainda vêm para cá, explicou, ficam um ou dois dias, depois sobem a serra, voltam para a Capital. Isso nos fins de semana, para aproveitar a praia. Não repare, por favor.

Claro.

O Alvaro chegou em casa, do encontro comigo, chegou decidido, disse a Ela que sabia de tudo, clássico e ridículo, o corno ofendido que, de repente, se acha inteligente, brilhante demais: disse a Ela que sabia de tudo, que Ela era uma puta mas que, ainda assim, a perdoava; o congresso era mentira, ele sempre soubera: que Ela desfizesse as malas, não ia a lugar algum na manhã seguinte, ou então que as fizesse com todas as roupas, pois se fosse embora era para não voltar mais.

Confesso que sempre imaginei sua roupa íntima bem menos insinuante. Nunca pensei que usasse rendas. Já lhe disse: demorei a perceber que você era uma mulher. Minha inocência infantil teve vida longa; às vezes ainda acho que não morreu, vegeta em estado comatoso em algum canto dentro de mim. Os soutiens, tão pequenos, tão desnecessários; seus seios devem se sustentar sozinhos. As calcinhas também, muito menores do que eu ousaria imaginar.

A Corretora voltou para a cozinha, convidou Vamos ver os quartos, eu respondi Você primeiro, por favor, e quando ela saiu pela porta, virou à esquerda, desapareceu no corredor, voltei para a área de serviço, triste sandice, contei as calcinhas que estavam penduradas, quatro, os soutiens, dois, desprezei toda outra roupa íntima que não era sua, as camisetas, calças, peças que não, de modo algum poderiam ser suas, e, grande e infinita sandice, recolhi a roupa do varal, não toda, como sua tia queria fazer, claro que não, nenhuma, na verdade, ou melhor, só uma, sua, uma só, evidentemente que sua, a calcinha de rendas pretas, sexy, tão sexy que nunca suporia que fosse sua, a coloquei no bolso, o pregador de roupa joguei pela janela, disse Estou indo, que a Corretora, sua tia, perguntava se eu tinha me perdido, e Sim, disse, estou indo, este apartamento é tão grande que a gente pode se perder aqui dentro. Ela riu contente, eu não tive coragem de pôr a mão de novo dentro do bolso, sentir o presente que o destino havia me ofertado; tinha que esperar, ser paciente, ainda que me queimasse por dentro da calça.

Mal consegui ouvir a mulher dizendo, já adiantada de mim, no fim do corredor, Vamos começar pela suíte, que é o maior quarto.

Frite as bolinhas de carne em uma panela, com um pouco de óleo. A mesma panela que vai ser usada, depois, para cozinhar tudo. Precisa ir rolando as bolinhas, de tempos em tempos, para dourar por igual. E cuidado para não queimar o fundo; isso é importante.

Frite o frango em seguida na mesma panela, de um lado e do outro, até ficar dourado também. O frango vai pegar, já nesta fritura, um pouco do gosto da carne.

Não, não tem problema misturar: o intuito do prato é mesmo essa promiscuidade de sabores, frango prostituído em carne, carne travestida de frango: pode pôr tudo na mesma travessa, depois de frito, enquanto espera para voltar à panela.

Refogue a cebola. Tire o excesso de óleo, ponha a cebola na panela, mexa de vez em quando; isso que ficou grudado no fundo vai se dissolver, começar a formar o molho. Esse é um dos segredos.

Ainda não lhe agradeci pelos livros do Tolstoi. Muito obrigado.

Quando a cebola estiver dourada, sim, devolva para a panela as bolinhas de carne e o frango, frite tudo junto com a cebola por mais algum tempo.

Pensei que você fosse começar a berrar, ou fosse sair correndo da Livraria, antes de abrir a bolsa e me dizer para ser mais rápido. Obrigado mesmo.

E então, se foi assim, exatamente assim como imaginei, se o Alvaro sabe de tudo, disse que Ela é uma puta, se Ela desarrumou as malas, ou nem as fez, e, mais uma vez, seguiu de novo a mesma escolha, optou pela vida junto com ele: então Ela não vem amanhã de manhã.

Meu dia inteiro, hoje, este dia, perderá então o sentido, terá sido em vão: procurei os concertos do Bartók, comprei o livro do Benedetti, pensei na primeira vez em que estivemos juntos aqui, neste apartamento, fui ao mercado buscar as duas garrafas de vinho, o chocolate, limpei a casa, arrumei o guarda-roupa, tirei o porta-retratos da sala, quis comprar as jabuticabas e as flores, pus todos os ingredientes para o almoço de amanhã sobre a pia, temperei a carne moída: e tudo em vão; se Ela não vier, terá sido, este dia inteiro, a troco de merda nenhuma.

Se não vier, amanhã de manhã, se Ela realmente não vier, terá razão em não vir. Será certo e justo e vou precisar entender.

O ideal seria que não acontecesse isso, que não começasse a soltar água na panela. Este fogão é uma merda.

Lembro uma vez você dizendo Que coisa de velho, apenas porque eu queria pedir café em vez de refrigerante; ainda éramos duas crianças, apesar de você não ser. Não sei por que me lembrei disso agora. Vou pegar a garrafa de vinho.

É bom aquecer um pouco a água, separada, antes de pôr na panela; evita o choque térmico. Sim, é isso mesmo.

Agora, é só tampar, deixar cozinhar por trinta minutos, em fogo baixo, e terminar o vinho enquanto isso.

Ontem o nariz dele, do Magnata, meu pai, sangrou. Hoje de novo. É por causa do ar, seco demais nesta época do ano. Ele ficou assustado, claro que sim, a enfermeira disse Foi uma bela hemorragia; demorou para estancar por causa do ácido acetilsalicílico que ele toma todo dia, evita que as artérias se entupam com o próprio sangue, o coração pare de uma vez: a coagulação também pode ser fatal.

Sim, ele sabe, apesar de ser culpa do ar, seco demais, o nariz sangra porque a gente morre, ele morre, a gente envelhece e depois morre. Ele envelheceu. Ficou assustado, naturalmente: agora vai morrer.

Meu pai, que estava sempre certo. Como é possível que ele sangre pelo nariz, me pergunto. Ele, espécie de oráculo, de semideus. O Magnata começa a morrer. E que sentido tem um deus que morre; porque, se morre, perde a divindade.

136

Ele deixou de ser deus quando o fiz errar, me esforcei para que se enganasse, para que não acertasse mais; ele acertou sobre você, em Veneza, porque depois você riu, eu me casei com Cecilia e logo ele estava certo outra vez, mas depois parou, nunca mais teve razão, e agora sangra pelo nariz, é justo que sangre: sou eu que o fiz sangrar, que o faço morrer. Me diz: isso tem algum sentido, você consegue entender o que estou falando.

É ridículo, eu sei, é claro que sim. Depois de Freud não tem mais graça fantasiar parricídios. Pobre Freud que precisava do Dostoievski e do Hamlet; é cruel a ironia: usava a literatura para embasar sua pretensão de pequena ciência, ele que nunca tinha entendido sequer o Kant. Freud é ridículo; matar o pai também o é, hoje em dia.

O quarto, a suíte da sua mãe é mesmo grande. A banheira: fantástica, eu adorei. Fiquei imaginando se você tomava banho ali, às vezes. Seu corpo quase de menino, branco como o de uma musa de algum poeta do romantismo, os cabelos poloneses boiando na água, as coxas de bailarina.

O outro quarto devia ser o do seu irmão. Não dei muita atenção; tinha um aspecto sujo. Ele não morava lá fazia tempo; foi o segundo a sair do apartamento, o primeiro foi o pai, deixou as duas sozinhas, deixaram, e vocês estavam bem, sim, acredito, muito bem, mas eu me esqueci: o animal amarelo ficou tomando conta, guardando vocês. Não me lembro; como era mesmo o nome do cão.

Continuamos.

Será certo e justo, sim, se Ela não vier, será porque não tenho nada a oferecer, nada que a sustente em uma vida a meu lado, a longo prazo, sei bem: este apartamento de só trinta e sete metros quadrados, minhas garrafas de whisky, minha mesa de trabalho em entropia sempre crescente, minha precária, restrita e intermitente independência financeira, meus acessos de melancolia, de mutismo, minha necessidade de solidão, nada disso Ela suportará quando estar a meu lado não for mais uma escolha, mas o simples efeito de uma causa distante, que será então, cada vez mais, absurda e triste e equivocada. Por isso Ela escolheu o Alvaro, por isso Ela o escolhe toda manhã, e também toda vez que entra aqui, neste apartamento, e transa comigo: Ela o escolhe de novo, e designa a ele o papel principal.

Então o Alvaro, o corno, o com cara de idiota, sim, ele, o Alvaro é a escolha certa; ainda que eu trepe melhor do que ele, e nem sei se trepo, pois Ela nunca disse, nunca diria: ainda que eu trepe melhor, que seja mais interessante, que se espere de mim um futuro mais promissor, ainda assim, o Alvaro é a escolha certa.

A luminária do corredor é horrorosa, aquilo está fora de moda desde antes de você nascer, mas sua tia disse, com ares pródigos, a Corretora, disse Todos os lustres ficam, os armários da cozinha, dos quartos, e eu respondi Tanto faz, sabia que se desse importância ela seria irredutível na hora de discutir o preço do apartamento, não abaixaria o valor e ficaria repetindo Mas, meu senhor, os armários todos vão ficar, não dá para fazer desconto algum, esse é o preço mínimo. É claro que não ia comprar o apartamento, estava lá apenas para ter pisado em sua casa ao menos uma vez, mesmo que sem móveis, sem ter sido convidado, sem você me receber; mas não dava para deixar que ela me enganasse com aquela história de luminárias, armários embutidos: estava tudo velho, precisando ser trocado, se ficasse não mudava em nada o preço do imóvel, que já estava alto demais.

A Corretora não insistiu, nem sua tia, a irmã de sua mãe, surpreendentemente, na dádiva dos armários embutidos; disse apenas Este é o outro quarto, de forma simples, sem emoção, mas meu coração desceu até o estômago, ficou entalado na entrada do intestino delgado, latejando.

Aquele era o quarto. Seu quarto.

Era só cozinhar até a carne do frango começar a se soltar do osso, o molho ganhar consistência, as bolinhas de carne moída ficarem sensíveis ao toque do garfo. Sempre em fogo baixo. Se fosse necessário, tinha que corrigir o tempero, cozinhar um pouco com a panela aberta para deixar a água evaporar, o molho engrossar.

Era só servir com arroz branco, acompanhado talvez de aspargos, ou ervilhas na manteiga, ou damascos secos. O prato cai bem com um vinho tinto delicado, de taninos calmos, a garrafa de Beaujolais que eu tinha comprado.

Era só servir a comida, dizer de novo o nome do prato, eu tinha treinado a pronúncia, boules au poulet, a mesa já estava posta, era só nos sentarmos, depois de diminuir a luz, brindar tocando as taças, À paz mundial, eu sempre brindo à paz mundial, vi isso em um filme, contei a ela enquanto andávamos certa vez pelo canal com o cão amarelo.

Era só oferecer um cigarro após o jantar, pôr música suave a cochichar no quarto, pegar a garrafa de whisky ou vinho do Porto. Ela iria dizer Não, por favor, já bebi demais esta noite; iria dizer Nem sei mais o que estou fazendo, e depois Que horas são, não queria sair muito tarde por causa dessa bagunça dos últimos dias, e eu responderia Não se preocupe, não importa, nada disso importa agora.

Era o pouco que faltava para a perfeição, pequenas coisas, deleites preparados longamente, apenas detalhes.

Mas Marie saiu pela porta, apressada, disse Não acredito, Bernardo, não acredito que fez isso, e antes já tinha dito Você é completamente doente.

Entrei no quarto. Curiosamente, era infantil como ela deixara de ser fazia muito; mas não havia a menor dúvida: era o quarto dela, todo dela, cada pedaço, deixado para trás como em um sonho, era o quarto dela que estava diante de mim.

É provável que eu tenha bebido demais e imagine besteiras; o Alvaro não percebeu nada, não sabe de coisa alguma; Ela virá amanhã como planejado, subirá pelo elevador, tocará a campainha, entrará por esta porta e nós teremos uma semana inteira apenas para nós dois; sofro desnecessariamente. Mas, ainda assim, é evidente: que não sou viável, que não tenho muito a oferecer a Ela, e que por isso nunca, nem depois do melhor jantar, ou da trepada mais estupenda, nunca Ela cogitou a hipótese de deixar o Alvaro; nós jamais viveremos juntos.

A Corretora disse alguma coisa que não ouvi. Naquela hora, queria mandar a tia dela à merda, dizer Pode calar a boca um pouco, puta velha, ou dizer Porra, como quer que eu compre o apartamento se não para de falar nem um minuto.

Na prateleira presa à parede, havia uma miniatura da estátua da liberdade, dois ursos de pelúcia, um copo de metal com lápis e canetas dentro, como se fosse um pequeno jarro de flores duras. Alguns livros bons, outros que nunca vou ter coragem de ler; Marie tem um gosto literário duvidoso, apesar de apreciar os franceses.

O armário embutido era uma tentação, a tia dela tinha razão, agora eu entendia: valia o preço do apartamento todo; o cheiro impregnado em alguma roupa que ainda devia estar ali, um fio de cabelo perdido, talvez as recordações do primeiro namorado escondidas no fundo da última gaveta.

Me levanto do sofá, volto para a pia da cozinha, tempero o frango, ponho água para ferver e começo a picar a cebola. Não tenho escolha.

Sobre a cama, uma almofada vermelha em forma de coração, onde uma máquina de bordar tinha escrito friamente I love you. Imaginei quantas vezes ela a abraçou, chorando, ou a roçou entre as pernas, com os dentes cerrados, um orgasmo escapando pelos poros da pele, deitada sobre a cama onde dormia, onde tinha os sonhos com Cinderela, os pesadelos familiares típicos, talvez onde fodesse escondida dos pais.

Pendurado na parede: um aglomerado de mau gosto com fotos dela, dele, o namorado-puto-noivo-e-futuro-marido, fotos dela abraçada nele e do cachorro amarelo com a língua de fora; previsível e decepcionante.

Então eu disse para a Corretora Preciso ir ao banheiro. Adorei o apartamento, emendei, a tia dela disse Que ótimo, disse Fique à vontade, você já sabe onde é o banheiro, por favor. Ela foi até a área de serviço recolher as roupas, eu entrei no banheiro, fechei e silenciosamente abri a porta em seguida, muito silenciosamente saí, voltei ao quarto, me tranquei lá dentro, abaixei as calças e me ajoelhei sobre a cama.

Foi nesse momento que Marie saiu apressada, nervosa, disse Não acredito, Bernardo, não acredito que fez isso, eu insisti em a acompanhar, lembrei a ela que ultimamente não era bom andar sozinha à noite, mas não me ouviu, não quis. Foi embora.

E a louça ficou na mesa, limpa, sem uso, as carnes esfriaram antes do molho ter engrossado, não abri a garrafa do vinho francês. Ela disse Você é completamente doente.

De joelhos em cima da cama, bati a melhor punheta da minha vida. Esporrei sobre a colcha, esguichos de lágrimas grossas, brancas, mas gozei tão rápido que pensei que ainda dava tempo para mais uma vez, porque eu queria mais uma vez, e mais outra. Todo o quarto girou em volta de mim, como se eu fosse um ralo, o quarto girava e escoava para dentro de minha boca, junto com o ar que me faltava.

Marie abriu os braços, Vem de novo, disse, Me come outra vez, os seios pequenos sumiam pelo peito listrado de costelas, abriu mais as pernas,

Me dou um pouco mais de whisky, pego uma panela, encho de água e a deixo sobre o fogo, esquentando.

Se Ela não vier, almoço por quatro dias a mesma comida, finjo que não foi nada, troco o livro do Benedetti por algum do Bernhard, compro outra garrafa de whisky e arrumo uma puta, ou qualquer mulher disposta a trepar comigo até eu esquecer.

Mas não, é claro: não me esqueceria dela assim tão fácil, eu sei.

O amor é aquilo que nos faz ridículos, penso olhando para Bernardo sozinho, com a comida pronta, mas intocada, com a garrafa de vinho por abrir, com o desejo não aliviado.

É o que sobrou, o lugar que lhe cabe, ao amor, nesses tempos de agora, depois de termos falhado em sua completa eliminação: o amor é risível, mesmo quando faz chorar, e é disso, talvez, que ele finalmente vai morrer.

Termino de cozinhar e espero, a noite inteira, eu, ridículo também e derrisório, espero que amanheça para saber: se ao fim Ela virá mesmo, ou não.

disse Mete mais. Mergulhei o rosto no trigal de seus cabelos, colza cheirando a aloe vera. A pele brilhava pontilhada de suor. Enfiei de novo meu pau, escorreguei para dentro dela, saí, tornei a entrar, saí. Ela pediu Mais rápido, eu obedeci, Mais rápido, eu obedeci, Mais rápido, eu obedeci e acabei em outro orgasmo dolorido, convulso, dei outra esporrada sobre a cama e disse Certo, disse Muito obrigado.

Muito obrigado, disse para a Corretora, completei Na verdade, não gostei nada do apartamento.

Apaziguada, se deitou de bruços. A linha de seu corpo era uma serra calma, sem cumes, um longo planalto; eu arfava ainda e olhava a bunda terminando suavemente em coxas. Da próxima vez a gente devia fechar a janela, ela sugeriu, com uma malícia que eu não conhecia nem imaginava em sua voz.

Saí do apartamento, apressado, ela também saiu, a Corretora, desapontada e sem entender minha pressa, o que tinha de repente dado tão errado.

Na rua, acendi um cigarro; não consegui segurar o riso. Eu ri, riu também Marie, agora há pouco, depois que saiu daqui de dentro, bateu a porta: pela segunda vez ela riu.

Desliguei o fogo. Deixei a mesa posta.

Marie não voltou naquela noite. Eu sei: nunca mais ela volta.

E o Magnata estava certo, meu pai, ele estava certo mais uma vez.

CONCLUSÃO

Algumas considerações históricas

O Novo Mundo começou em 18 de fevereiro, com a proibição do Carnaval.

Nas Eleições de Outubro, o presidente eleito era do PPC, a maioria do Senado ficou com o PPC, o PJC e o PE, e no Congresso a coisa não foi diferente. Em resumo: estávamos fodidos. Porque éramos a minoria, as eleições democráticas tinham comprovado: nossa insatisfação era só nossa, os outros, a maioria vencedora, comemoravam sorridentes enquanto nós pensávamos Estamos fodidos,

e perdíamos o sono de tanta preocupação. Mas os generais também ficaram insatisfeitos, não fomos apenas nós; também eles perderam o sono. O exército ocupou as ruas já em 2 de novembro, poucas semanas após as eleições. Os militares tomaram o governo pacificamente, com a anuência do então presidente, que se despedia do cargo a contragosto. Com o que ficou conhecido como Golpe dos Finados, tentaram evitar que os crentes tomassem posse, assumissem o governo em 1º de janeiro. E deu certo,

mas não por muito tempo. Em dezembro, começaram as manifestações: o povo, e não eram apenas os crentes e os rezadores, se aglomerou nas praças, nas ruas, fez greves. É claro, as vidraças dos bancos foram alvos das pedras arremessadas pelos manifestantes, também os carros da polícia, as delegacias, os prédios públicos. Os observadores da imprensa internacional, que já estavam eufóricos desde o resultado das Eleições de Outubro, ficaram ainda mais animados com a nova rodada de acontecimentos: mais notícias exóticas da barbárie subdesenvolvida foram enviadas para os países do primeiro mundo;

no meio da multidão, nas fotos que saíram nos jornais, nas imagens que apareceram na televisão, as faixas pediam, entre imagens de santos e cristos, pediam Democracia, diziam O povo é livre, também confundiam o voto popular com os desígnios divinos e proclamavam Respeitem a vontade de deus, com maiúscula, assim: Deus. Slogans antigos foram regurgitados das bocas de milhares de pessoas, por exemplo: Ditadura nunca mais; reapareceram os jovens com o rosto pintado de verde e amarelo, ou de preto, em luto simbólico pelo Golpe dos Finados. Mas o exército reagiu, naturalmente,

ninguém dá um golpe de Estado para sair do poder no dia seguinte, pedindo Desculpa, dizendo Foi um mal-entendido. Houve, como de praxe: prisões, mortos, torturados e deportados. A situação do país, em um primeiro momento, se acalmou, voltou à ordem debaixo da força: todos retornaram ao trabalho, deixaram as ruas, recolheram as faixas, as imagens sacras, pararam com as romarias;

as vidraças foram consertadas, as lojas, reabertas, as linhas de produção nas fábricas voltaram a funcionar, as escolas retomaram as aulas. Durante a calmaria que se seguiu, correu o boato de que novas eleições seriam convocadas. Um novo pleito consistia em uma manobra arriscada, a menos que os generais tivessem um controle preciso sobre os resultados das urnas, o que pareciam não ter; por outro lado, talvez acalmasse definitivamente os ânimos da população, evitasse outra rodada de manifestações, de greves. O presidente crente eleito, que estava em local seguro desde o Golpe dos Finados, como informaram os assessores do PPC, afirmou que se candidataria novamente e que novamente, com a ajuda de deus, ou Deus, no caso, ganharia as eleições. Os cientistas políticos, no entanto, nos programas da televisão, nos jornais, nas revistas semanais, eles previam, em caso de novas eleições, que a disputa seria mais acirrada: receando uma repetição evangélica dos resultados, muitos dos eleitores que se abstiveram no último pleito, por puro alheamento político, ou por preguiça, poderiam participar desta vez, votando;

São uma força a ser considerada, os comentaristas diziam. Mas não houve novas eleições. E em janeiro as agitações populares recomeçaram. Veio uma nova e mais violenta onda de passeatas, protestos, depredações, greves, com sua contraparte em doses duplamente violentas de prisões, inquéritos, torturas, demissões e censuras. Os repórteres mais uma vez trabalharam dia e noite, apanharam do exército e da polícia, tiveram suas câmeras quebradas, mas ainda assim conseguiram fotos estupendas dos coquetéis molotov em pleno voo, das vidraças das lojas de grifes internacionais partidas, de prédios públicos em chamas antes dos bombeiros conseguirem chegar. Mas, por fim, não teve jeito,

nem ditadura, nem novas eleições: os generais foram embora, entregaram o poder como se concedessem uma dádiva, mas a verdade é que não tinham escolha. Eles foram embora e os crentes voltaram, ou, antes: assumiram os cargos a que tinham sido eleitos pelas Eleições de Outubro. Porque, sim, foram eleições populares, democráticas e de resultado limpo. Politicamente, ficou tudo como deveria ter sido, apenas com um atraso de quase dois meses: o poder estava finalmente nas mãos do PPC, do PJC e do PE.

E, em 18 de fevereiro, começou o Novo Mundo.

O dia em que Ela chegou ao apartamento de trinta e sete metros quadrados

Tinha um lenço amarelo com bolinhas brancas amarrado na alça da mala. Ela tocou a campainha, entrou pelo apartamento rolando a bagagem até o lado do sofá; se sentou e pôs nos lábios um sorriso levemente avermelhado. Peguei no lenço, como se fossem cabelos, fiz o amarelo e as bolinhas brancas escorrerem por entre meus dedos, perguntei Pendurou isso para não perder a mala, para saber que é a sua. Ela respondeu Não, disse Eu sei que é a minha, explicou Isso é para os outros saberem também, para não terem dúvidas, porque sempre tentam pegar minha mala nos aeroportos. Mas Ela não tinha comprado passagens,

não tinha pegado um avião, não tinha despachado a mala e, consequentemente, não tinha esperado na esteira de devolução de bagagens que sua mala aparecesse com o lenço amarelo de bolinhas brancas amarrado na alça, avisando a todos Atenção: esta mala não é a sua. Não, desta vez apenas chamou um táxi e disse ao motorista, em vez de Para o aeroporto, disse o meu endereço e chegou. Mas é claro que a história não é assim, pelo menos a história oficial, a que Ela contou ao Alvaro. Essa história paralela, que justifica sua ausência de uma semana, começa diferente, mais ou menos desta forma:

há um simpósio em Belo Horizonte. Sua presença no simpósio é muito importante. Porque lá, em Belo Horizonte, no tal simpósio, Ela vai apresentar mais uma vez sua pesquisa sobre Osman Lins, mais especificamente sobre *A rainha dos cárceres da Grécia*. Então comprou passagens de avião. Reservou um hotel. Mas não, não se preocupe: porque em alguns dias já estou de volta. Foi assim que chegou a meu apartamento,

eu abri a porta, Ela entrou rolando a mala que tinha um lenço de bolinhas atado à alça, se sentou no sofá, sorriu quase em vermelho e nós conseguimos, finalmente, ficar juntos durante uma semana inteira, debaixo do mesmo teto, dormindo na mesma cama. Ainda que, depois de entrar, se sentar, sorrir, Ela tenha se oferecido para dormir na sala;

sabia que eu não gostava, e que não estava mais acostumado a dividir a cama. Examinou o sofá, como se não o conhecesse, nunca o tivesse visto, mediu com os olhos seu comprimento e falou Dá, falou Serve, disse Devo conseguir dormir razoavelmente bem aqui. Mas eu contestei Por nada no mundo você fica nesse sofá, Ela me devolveu um Ah, sorriu mais, e Ou dormimos os dois juntos, eu concluí, onde quer que seja: no quarto ou aqui na sala, ou você pega sua mala e pode voltar para casa, inventa que perdeu o avião, ou que desistiu do Osman Lins. Ela não retrucou, se levantou e foi até o fogão. Abriu a panela que estava lá, exclamou Você fez aquelas suas almôndegas com frango; É claro, respondi, disse Por mais que eu ensine, você nunca aprende, nunca faz, então fiz eu, tenho eu que fazer. Se cozinhasse essa receita ia perder a graça, Ela argumentou, depois perguntou Já não está na hora do whisky, e emendou, fingindo alarde, Pelo amor de deus:

não me diga que você parou de beber. É claro: não parei de beber; como Nietzsche disse sobre a música, Sem o whisky a vida seria um erro. Mas não bebemos naquela manhã, não peguei a garrafa que estava na mesa de trabalho; também não almoçamos as bolinhas de carne com frango, que Ela sempre adjetivava com exagero, mas que se recusava a fazer; o almoço ficou para a janta. Porque já era hora, sim, mas não apenas do whisky; na verdade já tinha passado da hora: estávamos atrasados. Nenhum dos dois precisou explicar. Silenciosa, Ela foi até o quarto, se deitou sobre a cama;

eu a segui.

Sobre o título do livro

Escrevia enquanto Ela tomava banho. Dava para ouvir a água que caía do chuveiro, mesmo com a porta do banheiro fechada; o som de seu banho, de repente percebi, ele me confortava. Uma semana atrás eu tinha sentido medo, pensado que não: talvez não desse certo passar tantos dias dividindo com mais alguém meus trinta e sete metros quadrados, ainda que esse mais alguém fosse Ela. Então me dava conta de que estava errado, porque Ela tomava banho e o barulho da água, caindo lá no banheiro, depois da porta fechada, me confortava e, se eu fosse menos cuidadoso, até arriscaria dizer:

me deixava feliz. Sim: era bom escrever enquanto Ela tomava banho ou penteava os cabelos, fazia a maquiagem. Mas eu não escrevia. Com a caneta preta na mão substituindo temporariamente o cigarro, apenas pensava no que já tinha escrito. O caderno, aberto a minha frente, esperava com as duas páginas em branco; o whisky ia rareando, como se evaporasse, ia sumindo do copo. Ela desligava o chuveiro,

o barulho da água cessava, e Por que Bernardo escolheu chamar seu livro de *Porca*, eu me perguntava, pensava, tentava forjar uma explicação. A razão óbvia, que já estaria no próprio romance escrito por ele, é que o título, *Porca*, faz menção à dona da livraria. A Porca, às vezes também chamada de Velha, aglutina em si a crítica aberta, mas superficial, que Bernardo faz ao capitalismo. Dessa forma, chamar o livro de *Porca* seria uma afronta ao sistema, mas resultaria em um paradoxo;

o sistema capitalista consome e engloba tudo, até mesmo o que critica ou se recusa a entrar, a fazer parte dele. Seria assim com o livro de Bernardo, *Porca*, se alguma das editoras a que foi oferecido tivesse aceitado a publicação; por meio do capitalismo, com preço de capa, número de ISBN, código de barras, pagando devidamente todos os impostos, depois de um contrato assinado em duas vias, *Porca* contestaria e protestaria contra o mundo graças ao qual sua manufatura e circulação teria sido possível. Nada escapa, nada se furta aos mecanismos da grande máquina: mesmo aquilo que se pretendia contrário ou subversivo acaba tendo um rótulo, um preço, circula e é consumido, entra na roda do capitalismo;

mas *Porca* nunca foi publicado. Ela saía do banheiro; de minha mesa de trabalho, não a via, apenas ouvia a porta se abrir, imaginava seu corpo dispensando a toalha, caminhando até a mala que tinha ficado no chão do quarto, os cabelos ainda molhados; mas via, imaginava também Voltaire. Écrasez l'infâme, ele disse, Voltaire, e eu me questiono se há um paralelo, se é possível comparar a Infâme de Voltaire com a Porca de Bernardo;

talvez possa ser esse o sentido do título do livro. Historicamente, a narrativa de *Porca* está situada nos meses de transição: já aconteceram as Eleições de Outubro, os crentes já foram eleitos, mas ainda não assumiram o poder; houve o Golpe dos Finados, mas o Novo Mundo ainda não começou; por mais que Bernardo não se aprofunde no tema político-religioso, nem descreva com detalhes o golpe, os protestos, as greves e as manifestações, a incerteza daquela época serve de pano de fundo para sua obra, está entremeada à narrativa, toca e preocupa os personagens enquanto eles encenam seus dramas privados, atuam suas vidas. Se Bernardo debocha do sistema capitalista, também o faz com a religião, talvez de forma mais incisiva: em um dos capítulos ele chega a blasfemar abertamente;

Porca, o título do livro, pode então muito bem ser mais um deboche somado aos outros. Da mesma forma que Voltaire, é possível citar Spinoza e sua tentativa de demolir a religião a partir de dentro. Também Sade pode testemunhar, dizer que, já antes de 1800, estava claro que os crentes rezadores precisavam ser corrigidos. Mas nada foi feito e é uma pena: as razões dadas há mais de duzentos anos ainda hoje continuam razoáveis e certeiras, mas duzentos anos não foram suficientes, ainda que no meio deles tenha aparecido Nietzsche com um martelo em cada mão,

duzentos anos não bastaram para que se entendesse: era preciso esmagar a Infâme, ou matar a Porca. Vestindo uma calça e uma blusa pretas, a blusa sem mangas, deixando para meus olhos seus ombros nus, de que gosto tanto, sim, eu gosto: do ângulo reto que se forma onde os ombros acabam e começam os braços, sem curvas premonitórias, apenas duas linhas retas que se interceptam abruptamente; vestindo uma calça e uma blusa pretas, Ela saía do quarto, parava a meu lado, olhava o caderno, as folhas em que estava aberto ainda em branco, com exceção da palavra porca, escrita em maiúsculas no alto da página, PORCA. Não vai tomar um banho também, Ela perguntava. Mais uma vez tinha passado a hora do almoço e nós encontraríamos os restaurantes fechados, acabaríamos indo a algum café, esperando anoitecer para jantarmos. Eu dizia que sim, respondia Sim, já vou; Ela não tinha pressa, perguntava De onde foi, afinal, que você tirou o título, inventou de chamar o livro de *Porca*;

É por causa daquela sua gata, Ela sugeria antes de eu responder. Eu dizia Não, dizia A gata nós chamávamos de Porco, Ela questionava Mas não era fêmea, eu ria, dizia Sim era fêmea, mas ainda assim chamávamos de Porco. Como é que surgiu esse título, então, Ela insistia e eu não sabia responder, ou simplesmente não queria. Vou acabar ficando ofendida, ela dizia, eu não entendia, perguntava Por quê, Ela sorria, Já se esqueceu, me fazia lembrar Era para ser um presente. Eu me lembrava. O que as pessoas vão pensar, me provocava, ironizava Se você me dedica o livro e chama ele de Porca, o que é que vão pensar de mim. Ela ria, achava graça, e eu continuava sem uma boa explicação para o título.

Mais algumas considerações históricas

Os crentes estabeleceram o Novo Mundo de forma bastante simples. É assim que funciona a democracia: a maioria elege alguns representantes, esses representantes ganham salários pornográficos para fazer leis e governar do modo que mais satisfaça essa maioria que os elegeu. Por exemplo: um governo racista, como o que foi eleito em 1948 na África do Sul, legisla de forma racista e, naturalmente: cria leis e mecanismos de segregação racial que protegem, beneficiam e legitimam os preconceitos, as crenças e os interesses de seus eleitores racistas, graças aos quais entraram no poder e ganham seus salários obscenos; os outros que se fodam. O Novo Mundo nasceu da mesma forma,

um dia os crentes se cansaram das igrejas, não quiseram mais pregar batendo de porta em porta, com a bíblia na mão, ou rezando os cultos nos fins de semana; uma lei federal catequiza mais do que um sermão inspirado, eles descobriram. E foi então que tudo começou a ir à merda. Primeiro os pastores, depois os padres, os bispos, os sacerdotes, os monges, os capelães: eles se organizaram em partidos políticos, a porta de acesso à democracia, fizeram campanhas, foram votados

e, claro, uma hora aconteceu. Sim, aconteceu: nas Eleições de Outubro, os crentes infestaram o Executivo e o Legislativo. Os militares tentaram impedir, mas foi em vão, porque o povo, de novo muito democraticamente, foi às ruas e exigiu, dentro da razão mais razoável possível, que os resultados do último pleito fossem respeitados. E assim se deu, em 18 de fevereiro começou o Novo Mundo, com a proibição do Carnaval. Depois da proibição do Carnaval, o Legislativo trabalhou como nunca fora visto antes. Proibiram a produção, a venda e o consumo de quaisquer bebidas alcoólicas. Proibiram o tabaco e todas as suas variações, fumáveis e não fumáveis. Instituíram leis draconianas contra o adultério, tanto o masculino quanto o feminino, cassaram o casamento que não fosse entre macho e fêmea, proibiram a prostituição, estornaram o direito da mulher ao aborto. Impuseram o ensino religioso obrigatório, excluíram dos currículos escolares as aulas de filosofia que ainda não tinham sido excluídas pelos darwinianos. O Ministério da Educação, por meio da junta pró-universidade, fechou os cursos desviantes, ou não estruturados, como foram tachados. Órgãos censores foram criados para monitorar e vetar qualquer forma de manifestação que ofendesse ou contrariasse os estatutos do Novo Mundo. Com maioria eleita, não foi difícil:

aprovaram essas leis e todas as outras que ainda se fizeram necessárias. A bolsa de valores caiu, os jornais internacionais se espantaram. Alguns pensadores disseram que a democracia era o problema; outros defenderam que a democracia não era um problema se usada em nações suficientemente desenvolvidas. Apareceram também aqueles que repisaram um dito popular já antigo, que dizia Cada povo tem o governo que merece. Mas nada disso, a bolsa que caiu, os jornais que se escandalizaram, os embaixadores que foram chamados de volta a seus países, os filósofos que filosofaram, nada mudou o que já estava feito. E ao fim se viu que, paradoxalmente, a maioria dos que se indignaram com o Golpe dos Finados, os que foram para as ruas, protestaram, exigiram que se respeitasse o resultado democrático das Eleições de Outubro:

paradoxalmente, eles não queriam nada diferente da curta ditadura militar que se impôs e foi derrubada em seguida. Porque os crentes também não gostavam dos negros, dos homossexuais, dos pobres, dos bêbados, dos drogados, dos que pensavam demais; tudo o que diferia do seu ideal foi punido e sustado. Isso era, apesar de velho e igualmente brutal, o que chamaram de Novo Mundo. E, mês a mês, a situação, a nossa situação, só ficou pior.

Sobre as perversões

Quando acordei, Ela fazia o arroz. Tínhamos ido mais uma vez para o quarto, tirado as roupas, transado; depois dormimos. Mas Ela acordou primeiro e foi fazer o arroz: jantamos com as bolinhas de carne e o frango, abrimos um carménère que não é dos melhores, mas que vai nos servindo. Ela ainda não desfez a mala, não arrumou as roupas no espaço que liberei dentro do guarda-roupa; janta de calcinha, vestindo uma camisa minha, que quase botão nenhum fecha, e reparo que pôs os brincos, de pérolas, os brincos que eu tinha pedido que trouxesse mas que Ela disse que não traria; Não uso brincos, advertiu, você já devia saber. Não comento,

finjo que não reparei nos brincos, Como vai o livro novo, Ela pergunta. Respondo de forma vaga, digo Estou escrevendo, Ela pede Me deixa ler alguma coisa. Sim, respondo, digo Preciso da sua ajuda, e Ela não acredita. Em vez de mostrar, ou pedir a ajuda que havia anunciado que preciso, mudo de assunto, pergunto E sua tese,

pergunto Como vai o Osman Lins. É absurdo que se queira criar conhecimento sobre algo como a literatura. Roberto, por exemplo, na entomologia forense: ele parte da observação dos insetos, das noções da biologia para contribuir na elucidação de um crime; mas Ela, com seu doutorado sobre os romances do Osman Lins, que espécie de conhecimento Ela produz, me pergunto. Se a literatura já é a abstração, já é o falar sobre alguma coisa, estudar a literatura é a abstração abstrata, é o falar sobre o falado. Mas não digo nada disso a Ela, não nesta noite;

apenas ouço seu comentário de que está tendo problemas com o orientador, que estão discordando sobre alguns pontos cruciais: ele queria fechar a tese apenas em *Avalovara*, mas Ela não concorda, insiste que é preciso abarcar a obra toda, de *O visitante* até chegar, passando por *O fiel e a pedra* e *Avalovara*, em *A rainha dos cárceres da Grécia*. Não sei o que é preciso ou não; simplesmente li os livros, gostei deles, porém não fui além, não pensei em problemas, hipóteses, não formei um discurso. De qualquer forma, é possível que Ela tenha razão, e que seja mesmo preciso falar sobre o falado;

a literatura pode ser tão importante como os Anthicidæ que Marie estuda, eu penso, teorizo em silêncio, mas não concluo nada, não chego a saber se é assim mesmo. Porque não importa. Isso que você está fazendo, essa sua tese, digo a Ela, sirvo mais vinho em sua taça e digo Nada mais é do que uma revisão taxonômica. Ela não entende, pergunta Como é isso; também eu não entendo mais o que quis dizer, por que me lembrei de Marie e, em vez de responder, explicar, apenas rio, digo Não sei. Ela ri também. Me debruço sobre a pequena mesa redonda em que jantamos e a beijo;

Ela reluta, evita a invasão de sua boca, mas depois cede, me dá a língua, faz com ela movimentos rápidos; meu pau fica duro. Não faço revisão taxonômica nenhuma, diz, eu concordo Não, não faz, confirmo Sei disso, e Ela também sabe, já sabia, sugere Vamos para o quarto. Mas eu digo Não, agora não,

proponho Quero comer você no sofá desta vez. Ela não retruca. Se levanta. De pé, toma de uma vez o vinho que sobra na taça. E tira a calcinha. Com os joelhos no assento do sofá, os cotovelos apoiados na parte de cima do encosto, me faz a oferta. Me levanto, me posto atrás dela, arreio as calças, as deixo presas em meus tornozelos, no chão, e aceito, meto, tomo o que me é dado. Costuma ser assim, quando nos vemos, depois das pausas obrigatórias em que Ela cuida do marido, da casa, do Osman Lins, das aulas, costuma ser assim, basta um olhar, uma palavra, um beijo:

trepamos como dois bichos no cio, somos simplesmente dois animais. Mas então Ela tenta nos trazer de novo ao reino do humano, fala, pergunta O que mais você quer, me renova na possibilidade de habitar entre os homens. Mas não consigo: não respondo; continuo indo contra sua bunda, suas coxas, meto, seguro firme seus quadris e Ela fala mais uma vez, diz Me pede, pergunta O que mais você quer. Me inclino sobre seu corpo, chego com a boca em seu ouvido, Quero gozar na sua cara, eu digo, peço Vem cá; Ela sai de cima do sofá, se ajoelha no chão, a minha frente, olha para cima, para mim,

e espera. A perversão é o que nos faz humanos; esta é a conclusão. Quando saio de dentro dela, troco a boceta pelo jogo, pela sacanagem, bato punheta a sua frente, e Ela me espera, eu gozo, esporro em seu rosto, Ela fecha os olhos, põe meu pau dentro da boca, me chupa: é desse jeito que deixamos de ser animais, que burlamos a natureza, descemos da praticidade, é assim que somos de novo e apenas humanos. Nesse ponto, escrever literatura, ou escrever sobre a literatura que já foi escrita, também participa, como uma perversão do pensamento, de nossa condição de humanidade. Satisfeito, subo as calças,

busco, no banheiro, papel para limpar seu rosto. Ela diz que entrou porra em seus olhos, Fica com eles fechados, eu peço, limpo o que posso, Ela diz que está ardendo, com falso desespero fala Vou acabar ficando cega. Me sinto grato. E essa gratidão logo se transforma em ternura: quero cuidar dela, lavar seu rosto, seus olhos, Ela que me fez humano; passo a mão por seus cabelos, também sujos de porra, beijo sua boca e digo Vem comigo, digo Vou dar um banho em você.

O primeiro final

No dia em que Ramon e Bernadete entenderam que a criança nunca se curaria do que Bernardo chama de Síndrome de Nome Estranho, eles souberam: estavam fodidos, e suas vidas não se separariam mais. Nada há de bom, ou positivo, que consiga unir dois amantes para sempre; apenas as desgraças ou as tragédias conseguem isso. E ao redor da cria doente, então, a união dos dois se configurou em dias que se seguiram regulares:

variavam suas vidas apenas na ordem, na disposição com que organizavam a queda. Ramon, depois que a criança nasceu, não teve coragem: de trocar o trabalho na livraria por qualquer outro. Ainda que o salário, como Bernardo diz, talvez com algum exagero, não fosse justo, ainda assim Ramon sabia que os funcionários da livraria, enquanto ela não fosse vendida, não mudasse de dono, nunca seriam demitidos. E a livraria jamais seria vendida ou teria outro dono. Por conta dessa segurança, que era falsa, uma vez que existe a morte, e também a falência, além da loucura: por conta dessa suposta segurança, Ramon não ousava outro emprego, não ousou; dizia que, com a criança doente em casa, não podia arriscar nada. E na livraria ele ficou até se aposentar. Bernadete acumulou, à função de mãe e de atendente de telemarketing, também a de enfermeira pediátrica:

aprendeu o nome dos remédios, dos componentes químicos, as dosagens, as combinações, os efeitos colaterais, o nível de toxicidade; acompanhou, através de revistas especializadas, o teste de drogas experimentais, com resultados às vezes animadores, mas em geral decepcionantes. Com tudo isso, ela justificou um dia a Ramon, não conseguia mais, não era possível: ser a esposa que ele esperava;

ser a esposa que ele esperava significava, para Bernadete, e principalmente para Ramon: abrir, com uma periodicidade mínima, mas aceitável, as pernas para que ele a comesse. Mas é possível que o impedimento fosse outro, não apenas a questão do acúmulo de funções, ou das preocupações excessivas; por exemplo: Bernadete podia culpar Ramon pela criança ter nascido estragada e, por causa disso, não conseguir mais lhe dar acesso a seu corpo. De qualquer forma, não importava o motivo: não trepavam mais, esse era o fato concreto,

ela e Ramon, depois que a criança ganhou o claustro patológico da Síndrome de Nome Estranho, não foderam mais uma vez sequer. A ida eventual às putas, às vezes junto com Bernardo, com a desculpa de que o salário estava acabando, de que podiam dividir a puta e o cachê, ainda que as putas tendam a cobrar mais caro quando são dois homens a se revezar em cima delas: a ida eventual às putas desafogava Ramon quando suas próprias mãos não davam mais conta de resolver. E assim ele seguiu, na livraria, nas putas, Bernadete também deu um jeito de continuar, de ir adiante, trabalhava atendendo o telefone a noite inteira, cuidava da criança durante o dia, dormia quando conseguia; assim seguiram, os dois, atados um ao outro, por meio de um elo roto, para sempre. Mas não,

não foi desse jeito. O para sempre durou apenas cinco anos, porque um dia, simplesmente, a criança morreu, de forma serena, sem novas corridas ao hospital: ela apenas dormiu e não, nunca mais acordou. Ramon percebeu que alguma coisa não estava certa, viu que a criança não se mexia, que também não respirava, mas esperou Bernadete voltar do trabalho para que ela confirmasse. Ficaram, os dois, olhando a criança morta, o rebento que não tinha vingado, e não se deram conta de que o laço que os prendia tinha acabado de se desatar. Mas também mais tarde não conseguiram entender,

nunca perceberam que de novo estavam livres. Sim: a criança tinha morrido, a Síndrome de Nome Estranho tinha mais um caso fatal para suas estatísticas, mas Ramon não largou da mulher nem das putas, ainda que as putas tenham ficado mais caras e raras depois do advento do Novo Mundo, também não saiu da livraria. Bernadete nunca teve coragem de propor que se separassem, mesmo ainda sem conseguir amparar Ramon entre as coxas, dentro de si, mesmo sabendo que o melhor e o pior da história deles já havia acontecido. Continuaram, os dois, na queda dos últimos anos, renovando aniversários automaticamente. Até Bernadete morrer atropelada por um carro que trafegava a míseros quarenta e dois quilômetros por hora;

mas então já tinham se passado mais vinte e seis anos.

Complexo de Bernardo

Ela pediu, mas não deixei, mais uma vez eu não deixei: que lesse o caderno. Argumentei Ainda não está pronto, disse Preciso trabalhar melhor o texto, menti São apenas esboços; Ela respondeu, como sempre,

Não tem problema, pediu Me deixa ler mesmo assim, perguntou Você não falou que estava precisando de ajuda. Sim, era verdade, eu tinha dito, precisava de ajuda, mas sabia: Ela não me ajudaria. Diria, como da última vez, Você precisa ler os estruturalistas russos, ou então Entendo que esteja preocupado, mas é à toa: dos dois modos vai dar certo, você transformando isso tudo em um livro de contos ou em um romance. Para desviar sua atenção do caderno, propus sem vontade, convidei Vamos sair, disse Devíamos aproveitar que a chuva parou;

Ela aceitou. Pusemos roupas, saímos. Na rua do Padre, para atravessar de uma calçada para a outra, peguei sua mão. Ela olhou o nó de nossos dedos, depois olhou meu rosto; não disse nada. Eu sei, sabia: estava transgredindo um dos mandamentos mais básicos do adultério: Não Andarás de Mãos Dadas Pelas Ruas. Os carros pararam de vir, nós atravessamos, mas não soltei a sua mão. Sentamos a uma das mesas que ficavam ao ar livre, no Café do Reino, ao alcance da vista de qualquer um, e isso era também uma transgressão, uma afronta, outra das regras do bom adultério que nós desprezávamos. Nossa discrição era intermitente, como uma roleta russa:

nos dias paranoicos, tomávamos cuidados excessivos, mal saíamos à rua; nos outros dias, como duas crianças insolentes, passeávamos juntos em lugares públicos, dividíamos os cigarros, nos beijávamos na frente de todo mundo, testávamos o azar, ou o destino, sem pensar nas consequências. O que vai querer, perguntei, Ela respondeu Qualquer coisa, disse Escolhe para mim;

pedi Dois whiskies. Sem gelo, por favor. Eram dez e meia da manhã; a garçonete não fez cara de espanto, não sorriu maliciosa, apenas anotou o pedido, devagar, murmurou Dois, whiskies, sem, gelo, perguntou Mais alguma coisa, me chamando de senhor, Mais alguma coisa, senhor, e eu respondi Não, disse Não, obrigado; saiu depois de um Com licença. Fiquei quieto, como se rezasse. Ela, também calada, olhava as pessoas, as que passavam a nosso lado, pela calçada; quando cansou, talvez porque fossem todas iguais, porque eram sempre a mesma pessoa, me perguntou No que está pensando, e eu suspirei. Suspirei, mas depois respondi, disse É bom ver você dormindo. Ela sorriu. Ficar olhando seu rosto, continuei, tão quieto, depois mexer em seu cabelo e ver você acordando, sem forças ainda para abrir os olhos. Sim, eu sei: todos os amantes, de todos os tempos, no mundo todo já cometeram esse olhar, depois dissertaram para as(os) respectivas(os) amadas(os) sobre a beleza de seu rosto adormecido e receberam em troca um sorriso; não era novo, nem inspirado,

mas não conseguia evitar. Os whiskies chegaram, ou melhor, chegaram os copos, vazios, chegou a garrafa: a bebida foi servida a nossa frente, depois de passar por um dosador. Brindamos a nós mesmos e Ela disse, depois de dar o primeiro gole, É muito estranho quando volto para casa, depois que passamos alguns dias juntos. Como é isso, perguntei, Ela explicou Nas primeiras noites, mas depois parou, não disse mais nada, eu continuei sem entender, pedi Me conta, e Ela falou, com um gesto vago morrendo nas mãos, falou Não é mais você que está ali, do meu lado. Hum, foi tudo o que consegui articular como resposta, um idiota Hum. É muito confuso, continuou, disse Eu acordo, sinto alguém na cama e meu cérebro não se dá conta de que não é mais você, então abro os olhos e é como um daqueles sonhos em que dois personagens se fundem em um só. Fico com a sensação de que alguma coisa está errada, olho para o rosto dele e tento encontrar seus traços, mas nunca dá certo:

ele não é você. Marie também, provavelmente, devia ter essa mesma sensação estranha, a mesma confusão. Depois das noites nos hotéis de cidades que em geral não se repetiam, quando voltava para casa: ela também devia acordar e demorar a perceber que o homem a seu lado não era mais Roberto. Eu não sabia como perguntar a Ela, e a história de Marie podia ficar sem esse detalhe, mas queria saber: se dói, se nessas manhãs, quando Ela acorda e se dá conta de que não sou mais eu ali, a seu lado, se alguma coisa dói dentro dela. Não perguntei. Encaixei um sorriso nos lábios;

talvez eu a amasse. Porque, sim, nessas horas era impossível não me lembrar do Benedetti, do livro que tinha comprado um dia antes de sua chegada, *A trégua*, que ainda não lhe dera, o livro escolhido na falta dos concertos para piano do Bartók: tinha a sensação de que entendia, perfeitamente, a felicidade que aparece naquelas páginas. O livro me voltava à cabeça, os parágrafos se reimprimiam em meus olhos, eu via os personagens, via de novo Martín Santomé, Laura Avellaneda, e compreendia por dentro a trégua que se tinha aberto para eles no meio do mundo. Aquela trégua, aquela felicidade, eu disse para Ela, era como esta semana em que estamos juntos, mas Ela me lembrou que ainda não havia ganhado, que eu vinha me esquecendo, dia após dia, de lhe dar o livro, que não tinha como saber. Eu mal a escutei, continuei falando, disse, completamente alheado, sem perceber o que fazia, disse Mas a Laura morre depois e é como se. Porra, Ela interrompeu, as sobrancelhas jogadas para o alto da testa,

Porra, Ela disse, exclamou, pronunciou devagar, alongando as duas sílabas, como se dissesse Ah-não, ou Meu-deus. Levantei os ombros, pedi Desculpa, expliquei Foi sem querer. Claro, Ela respondeu, riu, disse Você sempre faz isso, conta os finais antes mesmo de eu ter começado o livro. Eu ri também, concordando, fiz sinal para a garçonete, Ela disse Agora não leio mais o Benedetti, nem precisa me dar o livro, eu pedi Mais dois whiskies sem gelo, por favor, a garçonete murmurou Dois, whiskies, sem, gelo, enquanto anotava, e saiu, desta vez sem pedir Com licença, sem me chamar de senhor. Quando deu a hora do almoço, estávamos quase bêbados;

tomamos um creme de ervilha em que naufragavam cubos de bacon e croutons, bebemos ainda uma garrafa de vinho, dois espressos, só depois voltamos para o apartamento, nosso território autônomo de trinta e sete metros quadrados. Era já o final da tarde. Mais um dia da trégua tinha se gastado. Na cama, transamos quietos; sim, sem querer, eu também fui silencioso dessa vez.

O segundo final e duas perguntas
difíceis de responder

Marie desistiu: abandonou a republiqueta onze meses depois do advento do Novo Mundo. Fez as malas, se despediu da mãe, se despediu de Francisco, o cachorro que, ainda que fosse amarelo, não era mais o mesmo de que Bernardo se lembrava e que tinha morrido oito anos antes, pôs o marido debaixo do braço e partiu. O avião aterrissou no Charles de Gaulle; o pai de Marie os esperava com os braços abertos, não no sentido figurado, mas literalmente: quando a viu saindo pela porta de desembarque, empurrando um carrinho no qual se equilibravam piramidalmente as malas, o marido vindo dois passos atrás com outro carrinho igual, ele abriu os braços, abriu um sorriso, abriu a boca, e estava feito:

Marie tinha desistido, tinha abandonado a republiqueta. Desde a Idade Média as ciências biológicas resvalaram na heresia, primeiro por profanação do templo de carne erigido por deus a partir da argila, depois por ter uma versão alternativa, mas igualmente improvável e fantasiosa, do gênesis bíblico. Ainda que Marie se dedicasse à entomologia, ultimamente à revisão taxonômica de certos besouros que se parecem mais com formigas, e que todos concordem que estudando insetos é difícil contestar a existência de deus, ou a maravilha do homem, ainda assim não quis esperar para ver, como dizem, como ela mesma disse, sim, usou essas palavras, no carro, falando com o pai enquanto deixavam o aeroporto: Eu não quis esperar para ver, disse, e se referia às demissões de professores nas universidades, à alteração das grades curriculares, à proibição do estudo de determinados autores ou teorias, aos cortes de verbas para pesquisas declaradas improdutivas. Pode ser que eu esteja errada, concluiu,

mas não ia ficar esperando chegar a minha vez. O marido de Marie não ganhou nome, nem profissão, nem voz; Bernardo negou o quanto pôde sua existência, não deu a ele participação alguma na história. Então, agora, quando eles chegam no Charles de Gaulle, fico sem muita escolha e o marido continua sendo apenas uma sombra silente, sentado no banco de trás do carro, olhando pela janela, pensativo. Se tivesse optado por descrever o Marido, sim, então com direito a letra maiúscula, se tivesse feito dele um personagem, Bernardo teria duas escolhas clássicas: retratar o marido como um porco odioso, o que faria a balança sentimental do leitor pender para Marie, ou fazer dele uma reencarnação de Gandhi ou Jesus Cristo, o que transformaria vertiginosamente o sentido das páginas em que Marie trepa com Roberto e cia., sem no entanto alterar uma vírgula sequer em nenhuma delas. Mas Bernardo não fez escolha alguma, o que já é uma escolha arriscada; simplesmente negou ao marido de Marie a possibilidade de existir, não deu a ele o encantamento, não o fez personagem. A solução empregada por Bernardo cria uma questão que fica sem resposta fácil:

Por que Marie trai, me pergunto, tento esboçar hipóteses no caderno que teima nas páginas em branco, a caneta continua no ar, apenas o copo de whisky se mexe, da mesa para minha boca e depois de volta para a mesa. Marie trai porque o marido não tem cores, é apagado, não vibra, não a faz se sentir viva; essa é a primeira resposta em que penso. Presumindo, no entanto, que isso não é verdade, que Bernardo ignorou o marido de Marie apenas por preguiça, ou despeito, que ele tinha cores vivas e era um sujeito interessante, que os dois, juntos, formavam um casal feliz, como se costuma dizer, então: minha resposta perde o dom de responder alguma coisa e pede outra explicação, que não me vem;

a pergunta, Por que Marie trai, fica misteriosa. O marido não desconfiava, não perguntava nada além de Por que está tão quieta, ou fazia notar Sua cabeça parece voar tão longe, e Marie apenas respondia Não é nada, e justificava Estou um pouco cansada. A desculpa, Estou um pouco cansada, era facilmente aceita; Marie ficava quieta e alheada sempre que voltava das viagens aos congressos, simpósios, colóquios, encontros, palestras entomológicas: era natural que regressasse precisando de alguns dias de descanso;

depois desses dias, voltava ao normal. Na França, a resposta, Estou um pouco cansada, não demorou a ser de novo usada, e aceita. Marie não viajava mais; se beneficiava, para ter seus encontros, do horário irregular das aulas que, sem muita dificuldade, conseguiu dar em algumas universidades que não eram de primeira linha. Às vezes transava com um aluno, e essas, logo descobriu, eram as melhores trepadas de sua vida, outras vezes transava com um colega de trabalho discreto o suficiente; e voltava para casa, silenciosa e alheada, dizia Estou um pouco cansada, e de novo não havia motivos para não se acreditar nela:

corrigir provas, preparar e dar aulas, orientar pesquisas, é claro que isso tudo cansa. Mas por que Marie trai, eu insisto; a pergunta fica cada vez mais sem resposta, sem uma razão minimamente plausível. De maneira contumaz: ela fode com outros homens, apenas isso; e trepando com outros homens Marie não se vinga, não contorna insatisfações conjugais, não dá vazão a fantasias que não poderia realizar com o marido, também não procura o amor. Simplesmente tira a roupa, se deita em camas sempre impessoais, abre as pernas e deixa que a comam: fode. É tão natural que minha indagação teimosa, que me faz ficar aqui sentado, com a caneta na mão, tomando whisky em jejum, em vez de pôr a água para ferver, de preparar o café para que, quando Ela acorde, a mesa esteja posta e tudo pronto: é tão natural que Marie simplesmente foda que a indagação, minha indagação, se volta contra mim, se torce e cospe em minha cara outra pergunta; esta:

E por que não. Sim: por que Marie não treparia com outros homens além de seu marido, essa é a questão que talvez importe; ainda que tenha aprendido, já com Roberto, que transar fora do casamento tem um preço que precisa pagar assim que volta para casa, por qual motivo não o faria. Deus morreu tão morto que os crentes precisaram virar políticos, tiveram que se infiltrar no poder para reimprimir as leis divinas, desta vez com a chancela do Estado. Essa é a razão para o Novo Mundo que se implantou em um 18 de fevereiro distante, com a proibição do Carnaval; essa é a principal razão, entre as outras razões pessoais e corruptas. Depois que deus morreu, o que sobrou de mais próximo a ele foi o Estado, esse outro pai autoritário e tarado; em algum momento, os crentes deixaram sua burrice de lado e perceberam isso. O que determina, então, em um ateu o comportamento moral, eu me questiono,

formulo hipóteses que deixo rolar por minha cabeça, de um lado para o outro, como balas duras demais para morder. O ateu não mata e não rouba porque, se for pego, será processado pelo Estado e perderá sua liberdade. Isso já é um motivo suficiente, mas também contribui para que não o faça a educação que recebeu: desde criança, provavelmente, disseram em seu ouvido Não mate, disseram Não roube. Deus, assim, pode muito bem ser despejado no vaso sanitário, e a descarga acionada em seguida por bastante tempo, para se ter certeza de que ele não voltará para a privada com o refluxo da água. Mas com os pequenos delitos, o adultério, por exemplo, minha teoria bambeia e tende a ir para o chão. Marie sabia:

não seria presa por trepar com homens que não eram seu marido. Sabia também: mesmo que deus existisse, ele não estaria preocupado com esse detalhe ínfimo no universo, este: quais paus aquela mulher específica dentre todas, Marie, aceitava em sua boceta quando abria as pernas. E ainda nunca disseram a Marie, seus pais em seu casamento infeliz, quando ela era criança, eles nunca disseram Não trepe com homens que não sejam seu marido. A tudo isso se junta ainda a recompensa que a natureza, muito precavidamente, impôs ao sexo bem-feito: o(s) orgasmo(s). Portanto, em um mundo sem deus e frouxo, apenas o remorso impede o adultério. Mas Marie era incapaz de sentir remorso. Essa ponderação me deixa mais longe de me levantar, sair da mesa de trabalho e ir fazer o café;

em vez disso, começo a, com uma caligrafia que Ela diz ser às vezes impossível de entender, começo a fazer anotações no caderno, que depois Ela vai querer ler, mas vou impedir inventando uma desculpa, ou mudando de assunto. Penso, concluo que Marie, por fim, não deixou a republiqueta, não pegou o avião e desembarcou no Charles de Gaulle apenas por questões acadêmicas: fugiu também da ressurreição de deus na figura do Estado, escapou do poder moralizante que se reergueu com o Novo Mundo. Do quarto, posso ouvir, Ela acordou,

seu corpo se vira na cama, chegam até mim os sons que Ela concede ao ar enquanto se espreguiça, um enxame macio de sons não verbais, carentes de palavras. Paro de escrever, fecho o caderno, termino o whisky; saio da mesa. O café não está pronto como eu queria. Dormiu bem, pergunto, me deito a seu lado. Beijo sua boca, que me beija timidamente, pois Ela ainda não escovou os dentes. Não responde se dormiu bem, apenas diz que sonhou comigo, que estávamos transando no seu sonho;

prevejo: perderemos outra vez a hora razoável para tomar o café da manhã. E tiro a camisa. Ela se descobre, afasta o lençol; olho seu corpo que se oferece, que solicita, e me lembro de novo de Marie. Mas agora não me pergunto mais, apenas afirmo, digo a mim mesmo Como não seria assim, digo Como Marie faria diferente, como não treparia com Roberto e com todos os outros homens que lhe aprouvessem, quaisquer que fossem suas nacionalidades. Assim que eu gozar, a questão vai voltar a ser tão complicada como efetivamente é. Mas, por enquanto, Ela me pede, tímida, quase sem voz, me pede Vem cá, e eu tiro a roupa que ainda me sobra, me ponho sobre Ela, dentro dela, e tenho certeza de que não há nada mais certo no mundo do que nós dois, agora, treparmos até não aguentarmos mais.

Sobre a literatura

Algum leitor perspicaz, ou muito ingênuo, talvez se pergunte por que isto aqui, esta conclusão, ou apêndice, por que este ensaio não poderia, simplesmente, ser mais um dos capítulos de *Porca*, escritos por Bernardo. Se fosse assim, como consequência, o livro ficaria de cabeça para baixo: pois então, ao contrário do que estava claro até aqui, Bernardo seria verdadeiramente o autor, e caberia a mim apenas uma participação passiva como mero personagem, talvez narrado em terceira pessoa, fingindo que penso e que escrevo. Mas não, não é assim. E explico,

há várias razões para que se infira que não é dessa forma. Bernardo não é o autor porque 1) minhas falas aparecem no final do livro, conclusivas, e também ao longo dele inteiro, por meio de notas que ladeiam o texto principal. Porque 2) eu disserto sobre todos os personagens, sei sobre todos eles, vejo e conheço, ou invento a história de cada um, até mesmo o final da história de cada um, o que Bernardo não conseguiu narrar. Porque 3) o número de páginas desta conclusão ultrapassa o número médio de páginas dos capítulos de *Porca*. E principalmente porque 4) eu penso sobre Bernardo e penso sobre seu livro, mas o contrário não acontece:

Bernardo não reflete sobre mim, nem mesmo sabe de minha existência. A luz se projeta no olho humano de forma cônica: ainda que matematicamente seja bastante complicado trabalhar com cones, a partir dessa constatação se começou a tirar o pé do chão e a se preparar a grande pernada, ou passo, da pintura ocidental que foi dada no Renascimento. Assim, se traço os objetos distantes menores do que os que estão no primeiro plano, e se depois ainda os pinto com cores mais apagadas, se transformo retas paralelas ou perpendiculares em diagonais: se fizer tudo isso direito, gero a ilusão de profundidade. A perspectiva, no fim das contas, nada mais é do que isso, uma série de artifícios geométricos usados para dar o efeito de realidade a um desenho;

assim como a pintura, a literatura também tem seus truques. Voltando a *Porca*, é preciso considerar que todas as razões que dei, acima, para que seja eu o verdadeiro autor e não Bernardo, todas elas podem ser como a perspectiva, apenas um truque, puro ilusionismo literário. Porque, sim, quando falo de truques, de ilusões, tudo é possível. Pode ser que Bernardo, deliberadamente, tenha empregado esses truques apenas como mais um grande truque, a favor de uma ilusão maior, a ilusão da ilusão:

ele poderia estar enganando o leitor, e a mim mesmo, fingindo, por meio de passes mágicos literários, que sou eu o autor, que não sou um personagem. Assim, eu pensaria sobre Bernardo, e pensaria sobre *Porca*, mas ele em momento algum intuiria minha existência: apenas para, intencionalmente, sugerir a ilusão de que sou o autor de Bernardo e não o contrário. E porque eu seria o autor de Bernardo, e portanto de *Porca*, eu teria um espaço no livro que se diferenciaria do espaço que foi dado aos outros personagens, teria minhas páginas no fim, com um ensaio, e ainda, desde o começo, apareceria com uma narrativa paralela, às vezes comentando, analisando o texto principal. Além disso, para aumentar o efeito da ilusão, Bernardo me faria saber histórias sobre os personagens que ele mesmo fingiria não conhecer, meu ponto de vista sobre todos seria privilegiado e ainda eu poderia simplesmente pensar sobre os protagonistas, sem a obrigação de os narrar, de os inserir em um contexto, em um capítulo, em uma estrutura narrativa que comunica uma história interessante, com começo, meio e fim. Então, sim, é possível que eu seja apenas um personagem,

mas há ainda uma terceira opção. Pode ser que ele, Bernardo, que ele e eu sejamos invenção, inventados. Então não caberia a nenhum de nós dois a autoria de *Porca*, não seria meu nome, nem o dele, a constar na capa deste livro. Mas, no final das contas, o que é que estou chamando de *Porca*, eu me pergunto, ou perguntam por mim. Não sei se *Porca* é o nome do romance que Bernardo escreveu, mas que nunca publicou, ou se é o nome deste livro onde me insiro, supostamente como autor, mas talvez apenas como personagem de um escritor que não sei quem é. E não consigo me lembrar quando foi que aconteceu essa cisão, em que página o romance de Bernardo deixou de ser apenas um romance, e por culpa de quem temos, agora, dois livros chamados *Porca*, em vez de um só. O que percebo, por fim, é isto:

a literatura é frágil, muito frágil. Não tenho mais como saber o que exatamente é este livro. De repente mais nada do que vivo, do que vivi é ou foi de verdade. E com essas questões, que Bernardo não fez, outra vez me enredo na ilusão talvez calculada, outra vez se estabelece uma hierarquia e desponto como o autor, pensante e reflexivo. Mas como é que me chamo, eu me pergunto, qual é meu nome, afinal. Sim, agora é tarde demais; a confusão já está plantada, regada e adubada.

Os outros finais e a última taça de vinho

Que remédio é esse que você tanto toma, Ela pergunta, estica o braço sobre a mesa, pega a cartela onde resta apenas um comprimido. Olho seu rosto como se acordasse. Sinto aquela sensação típica de alívio, de quem sonhava um sonho ruim e de repente desperta, se vê devolvido para sua cama, seu quarto, se vê proustianamente rodeado pelos objetos familiares e suspira. Suspiro. Ela lê os nomes químicos que estão impressos no verso da cartela do remédio, faz cara de que não aprova, ou de que se preocupa comigo. Preciso respirar, eu digo, minto, ofereço como desculpa e Ela aceita, ou simplesmente se cala sem aceitar;

devolve para o centro da mesa o remédio, pega sua taça, bebe um gole do vinho e no final do livro Bernardo morre em um acidente de carro. Sim, podia ser esse o fim de Bernardo e o final de *Porca*, mas não, é mentira: ele não morre. Bernardo não morre, nem faz os exames para saber se é um doador compatível, se pode oferecer a Almapenada um de seus rins. Almapenada é que, obviamente, mergulha de cabeça no Hades, com motivos de sobra para isso. Mas sua morte não é culpa de Bernardo, nem do rim que não recebeu. A doença, que Bernardo nunca soube qual era, obrigava Almapenada a tomar medicamentos que fodiam seus rins, mas não a ponto de fazer com que necessitasse de um transplante. Sim, também é mentira:

Almapenada não precisava de órgão algum. Chamo o garçom, peço a conta, penso Não fizemos nada, Ela e eu, nesta semana, além de beber muito, comer pouco e foder razoavelmente. A vida até parece boa. Mas meu humor tende para o melancólico, hoje, Ela já percebeu, está atenta, me espera chegar no estágio crítico para ordenar que volte ao normal; e então eu volto. É porque está acabando que fico desse jeito, dado a melancolias, mais calado do que o normal, com o olhar se alongando até o fim da rua, viciado em horizontes. Ela propõe qualquer assunto, apenas para me deixar com a cabeça ocupada,

me lembra que na cama, antes de sairmos, vasculhou minha pele, como já tinha avisado que faria: apontou, com a cara séria, os gestos de uma especialista, cada uma das cicatrizes que tenho no corpo. Mas são marcas antigas, quase imperceptíveis: às vezes Ela ficava na dúvida; é possível que tenha inventado cicatrizes onde nunca houve cortes, e talvez tenha ignorado algumas das verdadeiras, que o tempo já quase apagou. Você nunca reparou nessas que tenho na coxa, Ela diz, eu pergunto Onde, e suas pernas se cruzam embaixo da mesa. Aqui, aponta sem que eu possa ver, diz Aqui, na coxa direita. São três. Me abaixo, passo meus olhos sob a mesa, Ela ri, fala Não seja bobo, eu estou de calça. O que foi, afinal, pergunto, do que são as cicatrizes,

mas Ela não responde. É sua vez de esticar os olhos ao longo da rua, vazios, de se lembrar de algo, de um dia que não sei qual é. Mas se Bernardo não morre no final do livro, penso, de novo quieto e mergulhado dentro de minha cabeça, o que poderia acontecer com ele, então. Talvez se case de novo, tenha outra mulher depois de Cecilia, mude de apartamento; certamente troca de emprego algumas vezes, escreve mais livros que não são publicados, tem novos pesadelos antigos com a morte do pai. Esse poderia ser o fim de Bernardo;

o fim da história de Roberto também está incerto, ainda enfumaçado como uma pintura do Turner vista por um velho com cataratas. Poderia ser assim: depois que a mulher e a filha morrem no desabamento do prédio onde moravam, ele se muda da cidade arrasada quase toda pelo temporal. Escapou por pouco de, depois da tragédia, se converter em crente, de rezar todas as noites, também antes das refeições. Continua com a entomologia forense: dá aulas, participa dos congressos, dos colóquios, dos encontros especializados. Segue trepando como se procurasse alguma coisa, que nunca encontra, e O sol se pôs bem mais rápido do que estávamos esperando,

Ela diz, fala, comenta de novo qualquer coisa, apenas para me tirar de dentro de mim. Temos ainda o final da garrafa de vinho nas taças. Olho para cima, para o céu escuro, e É verdade, digo, perdemos o pôr do sol no Estaleiro. Ela confirma Sim, perdemos, mais uma vez. Planejamos todos os dias, mas não conseguimos: nossa semana de trégua acabou e não fomos ao Estaleiro, não vimos de lá o pôr do sol supostamente mais bonito do mundo. Se anime um pouco, Ela pede, procura meus olhos, pega minha mão por cima da mesa e finge um sorriso. Mas não posso, não consigo,

não me esqueço de que é o último dia, que, a partir de amanhã, nossos encontros voltam a ser de novo curtos, rápidos, recheados com precauções. E não precisava ser assim. É inútil que Ela diga, explique que a mudança de hoje para amanhã é arbitrária, ou irreal, Porque nada vai ser diferente, Ela fala, consola Vou embora do seu apartamento mas nada acaba, tenha paciência, e conclui Ainda continuamos juntos. Não quero pensar nisso agora, nem discutir, nem dizer a Ela que está errada, que muita coisa muda, acaba e vai ser diferente. Peço meus cigarros, guardados em sua bolsa; pego um, ofereço, Ela aceita, acendo o seu, faço a brasa na ponta do meu:

fumamos, quietos. Estamos de novo no Constantino, nas mesas ao ar livre. Tenho consciência de que é um pouco ridículo: que este restaurante sempre tenha existido, e ainda vá continuar a existir, mas que eu tome este exato instante, esta última taça de vinho antes de nos levantarmos, este cigarro como o apocalipse, o fim do mundo, como se nunca mais, a partir de amanhã, nos fosse permitido voltar aqui. Mas, sim, talvez seja desse jeito mesmo,

talvez uma parte da história termine aqui, ainda que eu diga O mundo não vai acabar, diga isso como se falasse sozinho, diga Ainda vamos voltar a este restaurante, e Ela me olhe sorrindo, concorde É claro que sim. Mas não, não acredito no que disse, não acreditei. A claridade da lua cheia atrapalha todas as estrelas. Terminamos de fumar; estamos outra vez em silêncio.

12.

Acordou antes do despertador tocar. A cama está vazia. A Criança, no outro quarto, dorme: Ramon consegue ouvir sua respiração. É cedo. Na rua, não passam carros; as pessoas ainda não acordaram, não se levantaram, não tomaram seus cafés com leite, não se vestiram, ainda não saíram para trabalhar; assim é o mundo, sempre igual, todos os dias é a mesma coisa, em todo lugar. Mas Ramon acordou antes do despertador tocar; o mundo ainda não começou.

O táxi para na frente do prédio, sobre a calçada; empurro a mala; o motorista sai do carro, diz Bom dia, sorri; eu respondo, digo Bom dia, mas é impossível sorrir de volta; ele ajeita a bagagem dentro do porta-malas e é assim, acabou.

Está de pau duro. Se vira na cama, em direção à janela fechada, o sol ainda não força as frestas para entrar no quarto; se vira em direção à janela e segura o pau por baixo da roupa. A outra metade da cama está vazia, o lençol esticado, o travesseiro espera a cabeça de Bernadete. Ela ainda não chegou. E como Ramon acordou antes do despertador tocar, levará algum tempo até que ela gire a chave na fechadura da porta, entre com cuidado, tentando não fazer barulho, ninguém quer que a Criança acorde, vá até o banheiro e lave, desinfete as mãos dos germes adquiridos no transporte público, depois vá até a cozinha, diga Bom dia, para Ramon, que prepara o café, e então se deite.

Isabelle Geffroy canta que tem uma fada em casa, sua voz sai improvável pelo alto-falante na porta aberta do táxi, ela diz C'était un matin, ça sentait le café, tout était recouvert de givre, elle s'était cachée sous un livre, et la lune finissait ivre, ela canta e eu me lembro do sotaque de Marie. De novo minha vida parece uma cena de filme barato, ruim, e desta vez com direito a trilha sonora.

Bernadete se deita, se deitará na parte intocada da cama: a parte que tem o lençol ainda esticado, o travesseiro fresco aguardando sua cabeça. No trajeto de volta do trabalho, no ônibus, escuta, com fones de ouvido atarraxados o mais fundo possível nas orelhas, escuta mantras, uns barulhinhos repetidos que ela garante São calmantes: relaxam os nervos da gente; por isso Bernadete consegue, ela acha, quando chega em casa, depois de trabalhar a noite inteira, consegue simplesmente se deitar e dormir, sem a jornada de trabalho ser vomitada de volta em sua cabeça, como acontece com as colegas do telemarketing, que sonham com as chamadas dos clientes, seus problemas implorando soluções que às vezes não existem. Mas é cedo; ela não chegou, não abriu a porta, não disse Bom dia, não se deitou.

No dia anterior, na Livraria, Suzana vestia calças apertadas, justas demais. Por isso Ramon se ofereceu tantas vezes para fazer os embrulhos de presente; porque então lhe era permitido entrar no território circunscrito do Caixa, pegar os sacos coloridos, enfiar dentro deles o livro que seria presenteado, depois dobrar a boca da embalagem, duas vezes, colar uma etiqueta com o nome da Livraria e ainda pegar uma sacola plástica, para que o presente pudesse ser carregado convenientemente pelo presenteador até o presenteado: e enquanto isso, enquanto fazia todos esses pequenos trabalhos manuais,

Ramon olhava, olhou a bunda de Suzana apertada dentro das calças. Foi nisso que pensou depois que se virou na cama, em direção à janela fechada, libertou o pau de dentro da roupa, o pôs para fora.

Das vezes em que Suzana esteve de frente para ele, dava para ver, porque a calça estava mesmo muito apertada, sim, Ramon podia ver marcados no tecido os lábios generosos em oposição simétrica, bem delineados, e a fenda entre eles. Quando contou a Bernardo, a mim, com ajeitadas pouco discretas na própria calça, repetidas vezes, quando me contou para que eu também visse, aproveitasse, sugerindo gentilmente que eu fizesse o próximo embrulho para presente, pois tinha que ser rápido, logo a Porca estaria de volta e então ninguém mais além dela e de Suzana entrava no Caixa: quando Ramon me contou, descreveu, ele jurou que tinha procurado, vasculhado, olhado com atenção, mas que não, não tinha encontrado qualquer marca, sinal: Suzana não estava de calcinha.

Uma hora não conseguiu mais: não aguentou, não se conteve. Com o pretexto de entregar a sacola a um cliente, Ramon se espremeu contra Suzana, a prensou no balcão do Caixa. Ela sentiu o pau se roçando em sua bunda, a mão em sua cintura puxando os quadris contra o corpo dele. Para com isso, ela disse, repetiu Para, mas Ramon não parou, continuou, ela ainda pediu outra vez, disse Por favor, para

Acordamos cedo, antes do despertador programado para as nove horas tocar; foi uma noite curta, maldormida, o sono interrompido por sonhos que eram como a realidade: acordávamos cedo, Ela batia punheta para mim até que eu gozasse, como se ainda dormíssemos, sem que tivéssemos aberto os olhos, Ela simplesmente batia punheta para mim, eu gozava, gozei e voltamos a dormir um pouco mais.

Me sento à mesa de trabalho, abro o caderno de notas, pego a caneta preta e é assim, tudo continua como antes, é só fingir que não aconteceu, que Ela nunca esteve aqui, que não me faz falta, que não tem diferença: me sento à mesa de trabalho e penso, depois escrevo, depois corrijo. Vamos ver até quando nós dois aguentamos isso tudo, assim, desse jeito.

com isso, mas depois Está me deixando toda molhada, disse.

E de novo ele não conseguiu: não se conteve, não aguentou. Desceu, com dificuldade, as calças de Suzana, estavam mesmo muito apertadas, Ramon as desceu, ela não usava calcinha, ele estava certo, desceu as calças dela apenas o necessário para afastar um pouco suas pernas, ter acesso à boceta dos lábios pródigos. Suzana cedeu, inclinou o corpo sobre o balcão. Ninguém na Livraria notava o que acontecia; Almapenada continuava morrendo, Bernardo continuava reclamando, os clientes continuavam vasculhando as estantes e não compravam nada. Enfiou, meteu, o pau entrou fácil na boceta de Suzana, e parecia que ia gozar só de enfiar nela, mas a Criança começou a chorar.

Ajoelhado sobre a cama, Ramon, com as duas mãos segurando o pau, não sabe o que fazer, fica na dúvida: se continua, se termina de bater punheta e goza, esporra sobre o lado de Bernadete, ou se desiste, para, põe de volta a roupa e vai ao outro quarto ver por que a Criança chora, o que ela tem dessa vez.

Há tempos que faz assim, quando bate punheta, Ramon goza sobre o lado em que Bernadete dorme, espalha a porra sobre o lençol esticado, sobre o travesseiro dela. E nesses dias Bernadete chega do trabalho, depois de atender o telefone a noite inteira, ela chega, gira a chave na fechadura da porta, entra em silêncio, tomando cuidado para não acordar a Criança, lava as mãos, diz Bom dia, para Ramon, que faz o café na cozinha, e troca a roupa de cama, os lençóis, a fronha do travesseiro. Ela faz, fez isso todas as vezes em que Ramon deixou a cama esporrada; sem dizer nada, sem reclamar, sem perguntar, apenas trocou a roupa de cama e depois dormiu. Hoje, porque a Criança para de chorar, redescobre o sono, Bernadete terá que mudar os lençóis outra vez, quando chegar.

Mas Ramon não pensa mais em Suzana, não consegue, não volta à Livraria, para trás do balcão do Caixa; tenta se lembrar de novo da calça apertada demais que ela usava, sem calcinha por baixo, mas não consegue. Bernadete entra no quarto, não faz barulho, tem os cabelos presos no alto da cabeça: caminha em sua direção; um sorriso se abre em seus lábios. Ela diz Espera, diz Me deixa ajudar, e se senta ao lado de Ramon. Ele tira a camisa dela, desabotoa os botões, primeiro com medo, depois com mais confiança: expulsa cada botão de sua casa, tira a camisa dela, depois o soutien, e olha, apenas olha os peitos de Bernadete. Ela o beija. Ele a beija. Ela se levanta, tira a calcinha por baixo da saia; segura o pau de Ramon apontando para cima, se senta sobre ele, o engole aos poucos, devagar.

Ramon goza sobre a cama, esporra sobre a parte arrumada, o lado de Bernadete, em seu travesseiro. Ainda sente tesão por ela, talvez o

Eu sei: é melhor que seja desse jeito. Que Ela continue casada, que vá embora, que não moremos juntos, neste apartamento de trinta e sete metros quadrados ou em qualquer outro lugar. Porque então seríamos nós dois o motivo do cansaço, a causa da fuga, o terreno para a frustração; um de nós dois seria o traído. É melhor que seja desse jeito, eu penso, pego a garrafa, sirvo o whisky no copo que ficou de ontem, sujo, e me ponho a terminar de escrever estas notas.

mesmo de quando treparam pela primeira vez, ele era virgem, Bernadete definitivamente não, ele tirou a blusa dela, inseguro, ficou olhando seus peitos sem coragem de os tocar, e ela tirou a calcinha por baixo da saia, se sentou sobre ele.

O despertador toca. Ramon se levanta. Vai até o outro quarto, olha a Criança: ela dorme. No banheiro, lava o resto da porra que ficou no pau, lava as mãos, o rosto, escova os dentes com força, como se limpasse uma privada. Faz o café. Bernadete gira a chave na fechadura da porta, entra em silêncio; depois de passar no banheiro, vai para a cozinha, diz Bom dia. Ramon olha para ela, não responde, não diz Bom dia, não pergunta Como foi o trabalho, apenas olha para ela e se lembra. Sente raiva, ela não sabe, mas ele sente raiva, também uma grande pena e um grande cansaço. Tira a panela com água do fogo e começa a passar o café.

Depois Ramon arruma a casa. Bernadete já pôs a roupa de cama para lavar, já esticou um lençol limpo sobre o colchão, se deitou e dormiu. Ele lava a louça do dia anterior. Tira, com uma flanela laranja, o pó dos móveis da sala. Passa a vassoura pelo chão, e essa é a pior parte: a sujeira que precisa varrer é uma entidade abstrata, intangível, que ele tem que juntar em um canto e, depois, empurrar, ainda que não a enxergue, para a pá de lixo. Prepara a comida da Criança e a primeira dose de remédios do dia; ele já disse a Bernadete: tinham que ven-

Tomamos o café da manhã em silêncio. Ela arrumou às pressas suas roupas, a mala, eu disse Não se preocupe, se esquecer alguma coisa devolvo, prometo; Ela sorriu, disse Faço questão de vir buscar, pessoalmente, e saímos, pegamos o elevador, descemos. Paramos um táxi: Isabelle Geffroy disse que tinha uma fada em casa, o taxista guardou a bagagem no porta-malas depois de sorrir, de dizer Bom dia. Ela me beijou, eu disse Até depois, apenas isso, Até de-

der também uma parte dos medicamentos que ganham do Governo para dar à Criança, vender para os viciados, tinham que fazer algum dinheiro extra com isso. Toma banho e põe o uniforme da Livraria, a camisa branca, a calça cor de vinho acre.

Vai para o trabalho. Cinquenta minutos de caminhada economizam o dinheiro do ônibus. Os livros chegaram ontem porque na sexta era feriado; as caixas já foram abertas, as notas fiscais conferidas: falta apenas descer tudo o que veio, os livros empilhados sobre o colo, descer com eles pela escada em caracol, depois subir, pegar mais uma pilha de livros, descer novamente, subir, descer.

Na estante JORNALISMO, Bernardo para a seu lado, eu paro, já terminei de organizar minhas estantes, já subi para descansar no banheiro, sentado na privada, a Velha ainda não abriu a Livraria: não tenho o que fazer, então paro ao lado de Ramon. Conto, Bernardo conta, diz Parece que o *Porca* vai ser publicado. Ramon não se altera, não mostra felicidade, nem interesse; continua arrumando os livros na estante. Eu sei: ele já ouviu essa história antes, de que alguma editora se interessou pelo livro, e sabe como terminou das outras vezes: não terminou em nada. Mas desta vez Bernardo está confiante; ele diz isso a Ramon, Agora vai dar certo, diz, e Ramon sorri embolorado, resmunga Vamos ver. Eu repito, digo Sim, vamos ver, e vou para a frente da Livraria.

pois, e Ela entrou no carro. Foi assim que acabou, Ela foi embora.

E Ela esqueceu, ou fui eu que esqueci: o livro do Benedetti ficou aqui, *A trégua*, eu não o dei, está ainda do lado da cama, no criado-mudo, Ela não o levou embora.

Me sento à mesa de trabalho. Escrevo: bebo o restante da garrafa de whisky, fumo um cigarro e termino estas notas. É melhor desse jeito, repito para mim mesmo; de novo digo, tentando me convencer, digo É melhor que Ela vá, que tenha ido embora. Preciso apenas continuar com a rotina de meus dias, como se nada tivesse acontecido: sim, preciso escrever, corrigir, fumar, beber; continuar, apenas isso. A dor, então, vai passar. E, depois de amanhã, nos encontramos outra vez.

Ramon continua ajeitando os livros; sai da JORNALISMO para a estante LIVROS ESPÍRITAS. Trabalha errado, apressado demais, como se ganhasse por produção, não por hora. Almapenada estaca na INFANTOJUVENIL, põe as mãos para trás, imita uma árvore que o vento tenta derrubar; hoje está mal, pelas manhãs, em geral, não parece tão maldisposto. Abanando o rabo, alegre, a Porca vai até as portas duplas: ela abre, escancara a Livraria. Bernardo diz, muito baixo, ninguém o ouve, mas ele diz, eu digo Puta merda. O dia vai começar.

Este livro foi composto na tipografia Minion Pro
em corpo 11,5/16, e impresso em
papel off-white no Sistema Cameron da
Divisão Gráfica da Distribuidora Record.